그릉그릉그릉~

고양이 액티비티 북

# 그릉 그릉 그릉

1판1쇄 펴냄 2020년 2월 17일

**지은이** 이진아
**펴낸이** 김경태
**편집** 홍경화 성준근 남슬기
**디자인** Studio Marzan 김성미 / 박정영 김재현
**마케팅** 곽근호 전민영
**펴낸곳** (주)출판사 클 **출판등록** 2012년 1월 5일 제311-2012-02호
**주소** 03385 서울시 은평구 연서로26길 25-6
**전화** 070-4176-4680 **팩스** 02-354-4680 **이메일** bookkl@bookkl.com

ISBN 979-11-88907-94-6 03810

이 도서의 국립중앙도서관 출판예정도서목록(CIP)은 서지정보유통지원시스템 홈페이지(http://seoji.nl.go.kr)와
국가자료종합목록 구축시스템(http://kolis-net.nl.go.kr)에서 이용하실 수 있습니다.(CIP제어번호: CIP2019044180)

# 그릉그릉그릉

## 고양이 액티비티 북

이진아 지음

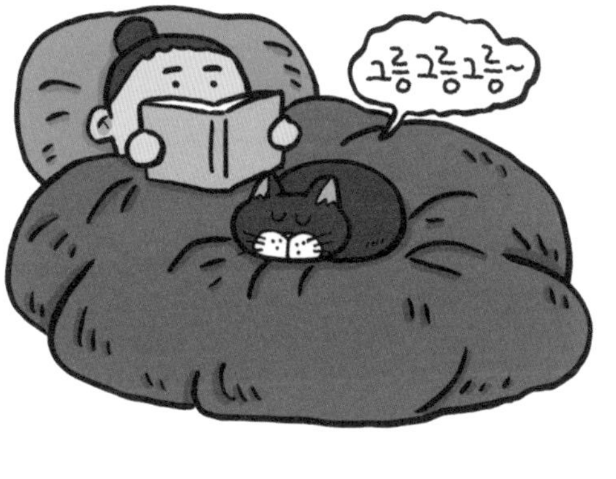

그릉그릉그릉~

## 이 책의 주인공들

**긴꼬**
(2002.4~2019.6)
가장 오래 나와 함께 있어준
강하고 멋지고 의젓한
나의 정신적인 지주.

**망고**
(2002.11~2009.6)
짧은 다리, 두툼한 발로
늘 나를 따라다닌
뚱뚱하고 겁 많은 아들.

**집사 이진아**
지난 17년간 사람보다 고양이와
더 가까이 지내다보니
사람보다 고양이를 더 잘
그리게 된 일러스트레이터.

**응달이**
(2003.6~2009.6)
앞을 못 보지만,
늘 씩씩했던
긴꼬의 막내딸.

어릴 때 학습지를 받으면
맨 뒤 부록 페이지부터 펼쳐
만화를 따라 그리고
숨은 그림 찾기에 열중했던 나.
이제 일러스트레이터가 되었으니
내가 이런 책을 직접 만들겠어!
결심을 했습니다.
그런데 어떻게 하면
더 재미있게 만들까?
미로
기타등등
사계절
우리집
꽃
숨은그림찾기
나
만화
다른그림찾기
고양이
선잇기
색칠공부
그래! 이 모든 놀이들을
고양이랑 같이 하자!
냐!
그런 마음으로 시작된 책입니다.
그래서 여러분이
스마트폰을 잠시 내려두고
이 책을 펼치는 순간
흠…

그릉그릉그릉
그릉그릉그릉
그릉그릉그릉
그릉 그릉 그릉
그릉 그릉 그릉
그릉그릉그릉~
그릉 그릉 그릉

동글동글한 고양이들이 와글와글 쏟아져나와
끌어안고 뒹굴고 함께 놀며
그릉그릉그릉 행복해지길 바랍니다 .

그릉그릉그릉
그릉그릉그릉
그릉그릉그릉
그릉그릉그릉
그릉그릉그릉
그릉그릉그릉

고양이와 사계절

# 봄 여름 가을 겨울

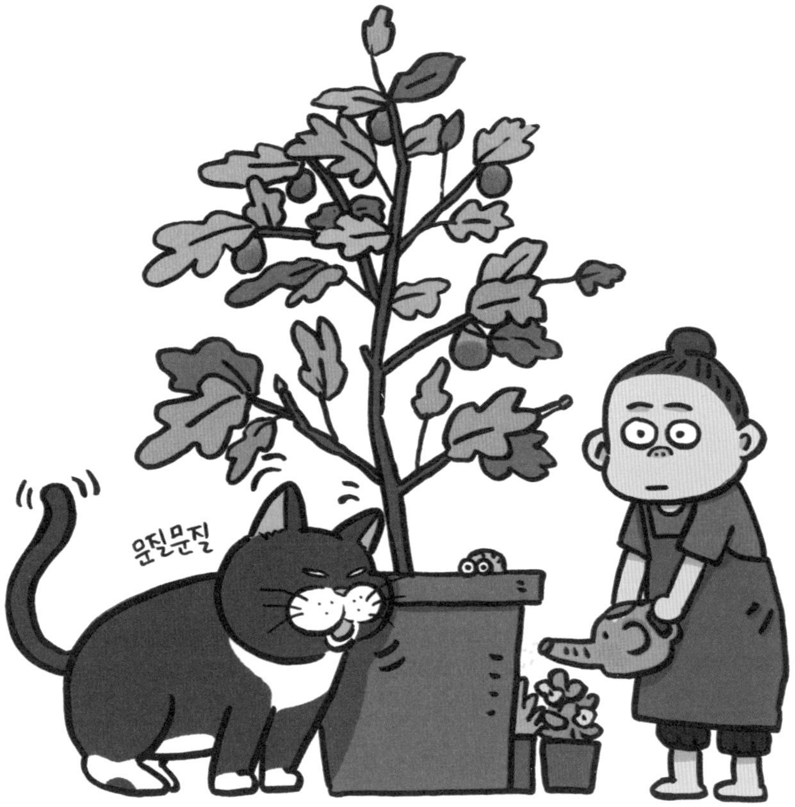

문질문질

# 일광욕

읍- 먼지
팡
팡
이렇게 봄 햇살이 눈부신 날은 이불을 말리기 좋다.
흡!
쿵!
베란다로 화초를 옮기고,
웃챠-
왜 이리 무거워?
냐?
비타민 D의 공급을 위해 고양이도 내보낸다.
눈부셔.
따습다. 그쟈?
냐
마지막으로 나도…

그래서 봄이 되면 베란다가 굉장히 좁아진다.

# 털갈이

가을이 시작될 무렵이면 긴꼬는
왁
왁
웅냐
달그락~ 달그락~
잘먹네…
조금 커진다.
포동
포동
여기 한 공기 더!
성장기냐!
그렇게 겨울이 지나고 봄이 오면
핥핥
핥핥
푸에취~
원래 크기로 돌아온다.
킁~
훌쩍~
작은 고양이 사이즈만큼 나온다
그렇다고 식욕이 줄어든건 아니야. 어서 간식 좀…


나의 비염도 함께.

# 시끄러운 이웃들

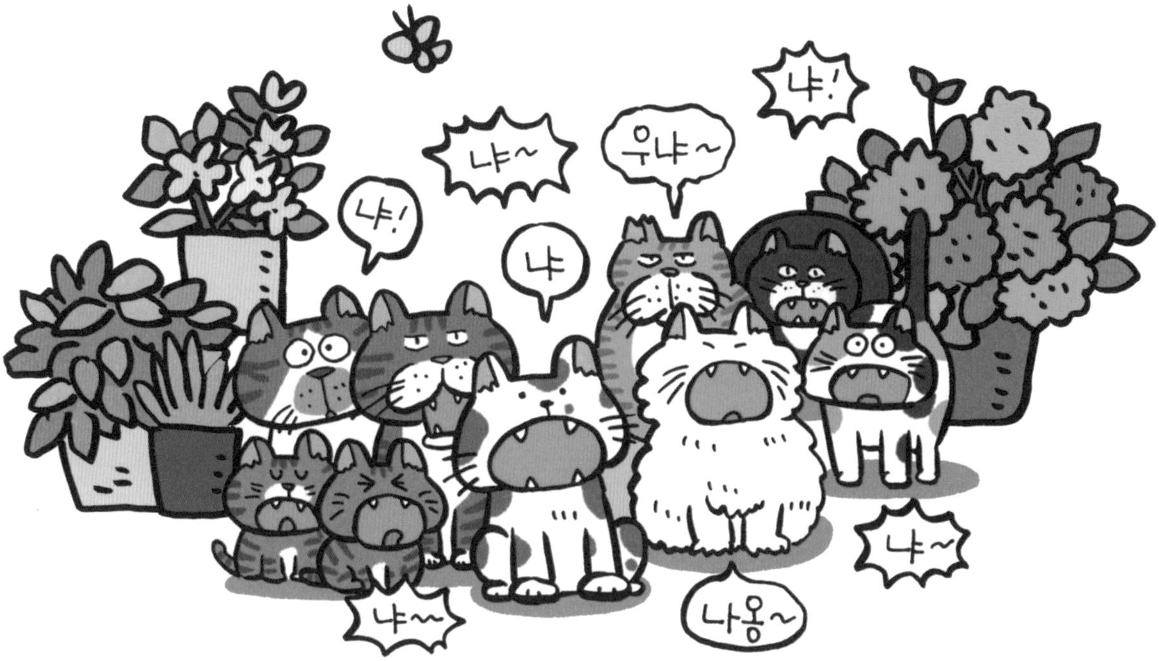
냐!
냐~
우냐~
냐!
냐
냐~
나옹~
냐~

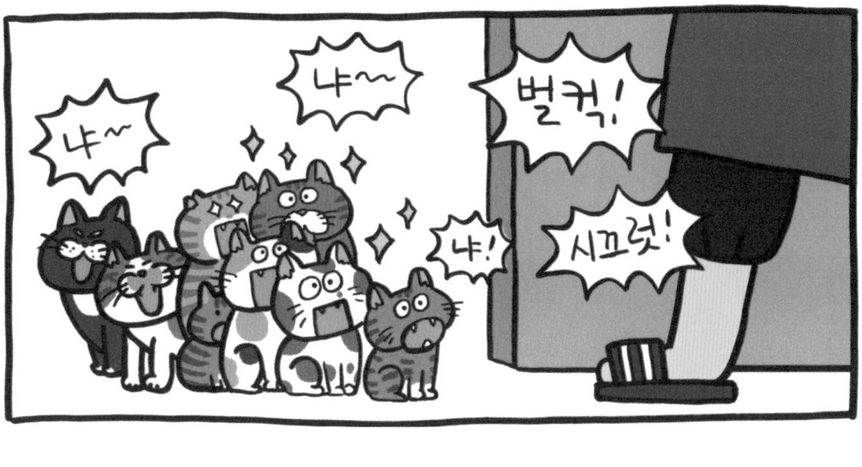
냐~
냐~
벌컥!
냐!
시끄럿!

아침부터 이 녀석들!
거 참 진짜 말 많네!
앙?
우씨~
기다려!
보채지 마!
냐~
냐옹
냐!
CAT FOOD
냐~
냐~
냐냐냐냐. 시끄럽단 말이다!
촤르륵~
냐!
흡!
냐!
궁시렁~ 궁시렁~
아침부터 잠도 못 자게 말야!
냐!
고양이 영양제
냐!
듬뿍
냐!
그래야 새끼들도 건강하지!
자! 넌 새끼 낳은 지 얼마 안 됐으니까 이거 먹어!
냐~
아구아구
와그작
와그작
CAT
찰칵!
우적우적
흥!
여기 질투 많은 어르신이 계시니 제발 조용히…
눈치보여.
쉿
냐~
냠!
아구~
냠
와구 와구

네가 제일 시끄러워!

## 꽃가게와 고양이들

서로 다른 그림 10개를 찾아주세요.

Flower
SHOP

# 봄맞이 목욕

예전에 긴꼬는 목욕이라면
아주 질색을 했는데
앗! 이녀석 버둥거리지 말어!
허부적
우아우~아
요즘은
꽤 좋아하는
것 같다.
손님. 불편하시면 말씀해주세요!
애니멀 커뮤니케이터
하이디 라이트가 말하길
응… 그랬구나.
자꾸 싫다는데 목욕시킨다, 저 인간.
동물과 이야기한다는 건 인간처럼 언어로 하는 게 아니라
머릿속에 어떤 이미지를 떠올리고 그것을 서로가
읽어내는 거라고 생각하시면 됩니다.
호오~ 텔레파시 같은 건가?
그 이야기를 참고해
목욕을 시킬 때는
자! 즐거운 목욕이다.
싫다 그랬지! 안 놔? 앙?
앙~
버둥
버둥
어흐~ 뜨시다!
"따뜻한 온천에 왔다고 생각해봐!"
하고 생각한다.
캬~ 좋다
온천 따위 알 리 없지만
좋은 기분을 전달하자!
그 생각이 전달
되었는지 꽤
얌전해졌다.
캬~ 생각만 해도 좋다. 그치?
흥!
수월하군. 수월해.
빛이 나는구나.
휴~
뽀송
흥!

…라는 건 어디까지나 내 착각이고, 그냥 익숙해진 걸 수도.

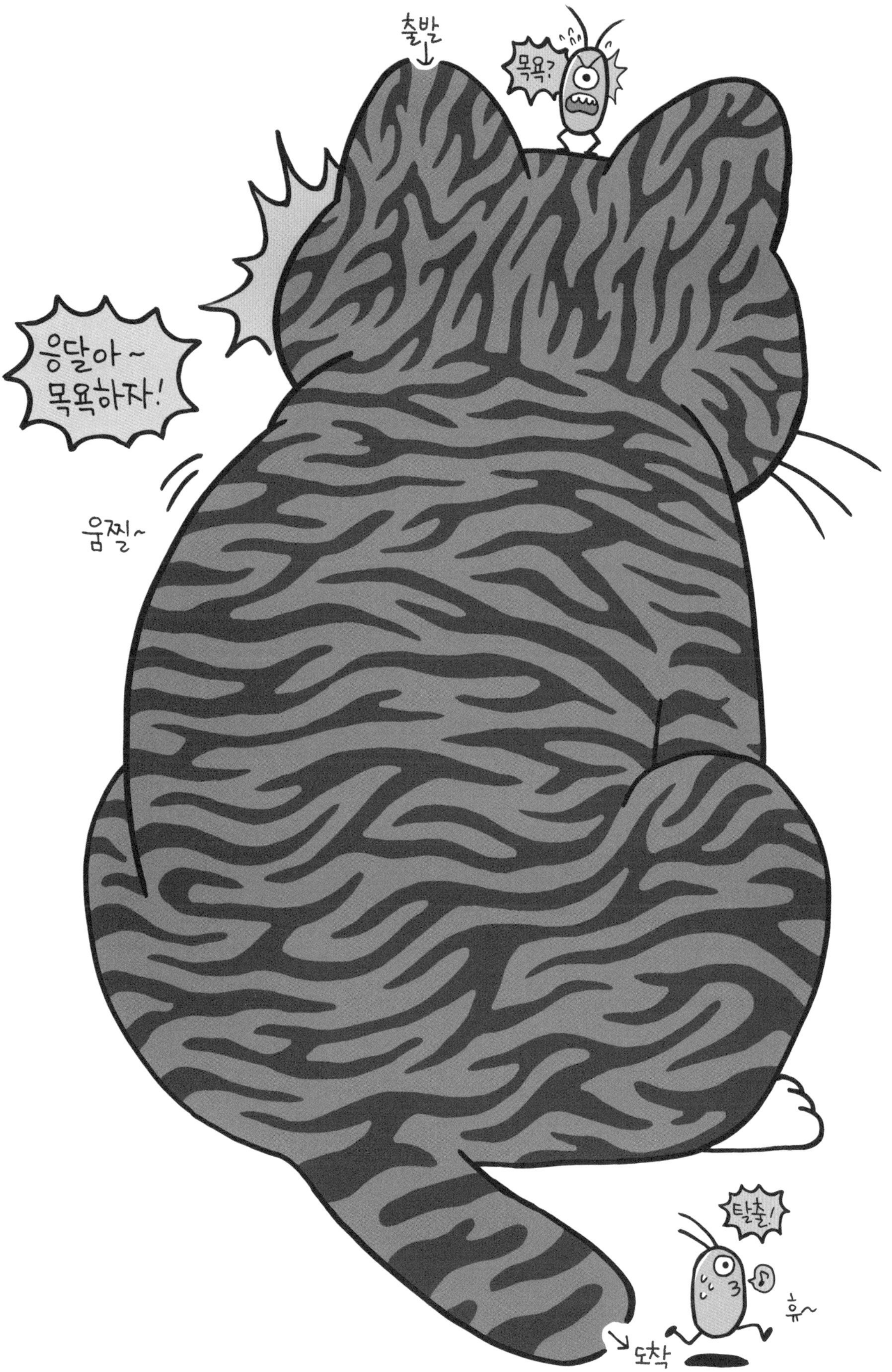
출발
목욕?
응달아~
목욕하자!
움찔~
탈출!
휴~
도착

## 봄꽃놀이

고주망태가 된 망고를
찾아주세요.

색칠 공부
진짜루

나비야 나비야
출발

긴꼬야~
긴꼬야~
이리 날아
오너라~
도착

# 천둥 치는 여름밤

쏴ㅡ
쏴ㅡ
우르릉~콰릉~
씨~익
콰릉~~
히쭉~
긴꼬~
무서워?
아우~ 천둥
무서워~
그렇게 무서워?
응?응? 그랬어?
네가
더
무서워…

천둥 번개가 치며 여름비가 시작되면
왠지 흥분된다.
그런 묘한 밤, 기괴한 꿈을 꾸기도 한다.

## 묘한 잠자리

망고와 응달이 유령을 찾아주세요.

# 기괴한 꿈

리코더, 모자, 왕관, 막대 아이스크림, 커피 잔, 망치, 종이배, 부채, 스케이트보드, 피자 조각을 찾고 꿈에서 깨어나세요.

# 흙집사

여름에 청소를 자주 하지 않으면
금세 날파리가 생긴다.
윽! 날파리!
긴꼬! 하지 마! 그거 잡는 거 아냐!
냐~
그래서 설거지하고, 청소하고,
걸레질까지 하고 나면 땀범벅이 된다.
후~ 더워~
헉헉-
윙~
달그락
달그락
물걸레
마른걸레
아~더워 빨리 하고 어서 샤워를…
물끄럼~
응?
그때 긴꼬는 표정으로
이렇게 말했다.
우씨~
뽀송
뽀송
더운데 애쓴다. 그거 다 했으면 나 그것 좀 다오… 그거 (간식)
열 받네!

흙집사가 곧 대령하겠습니다.

# 폭염주의보

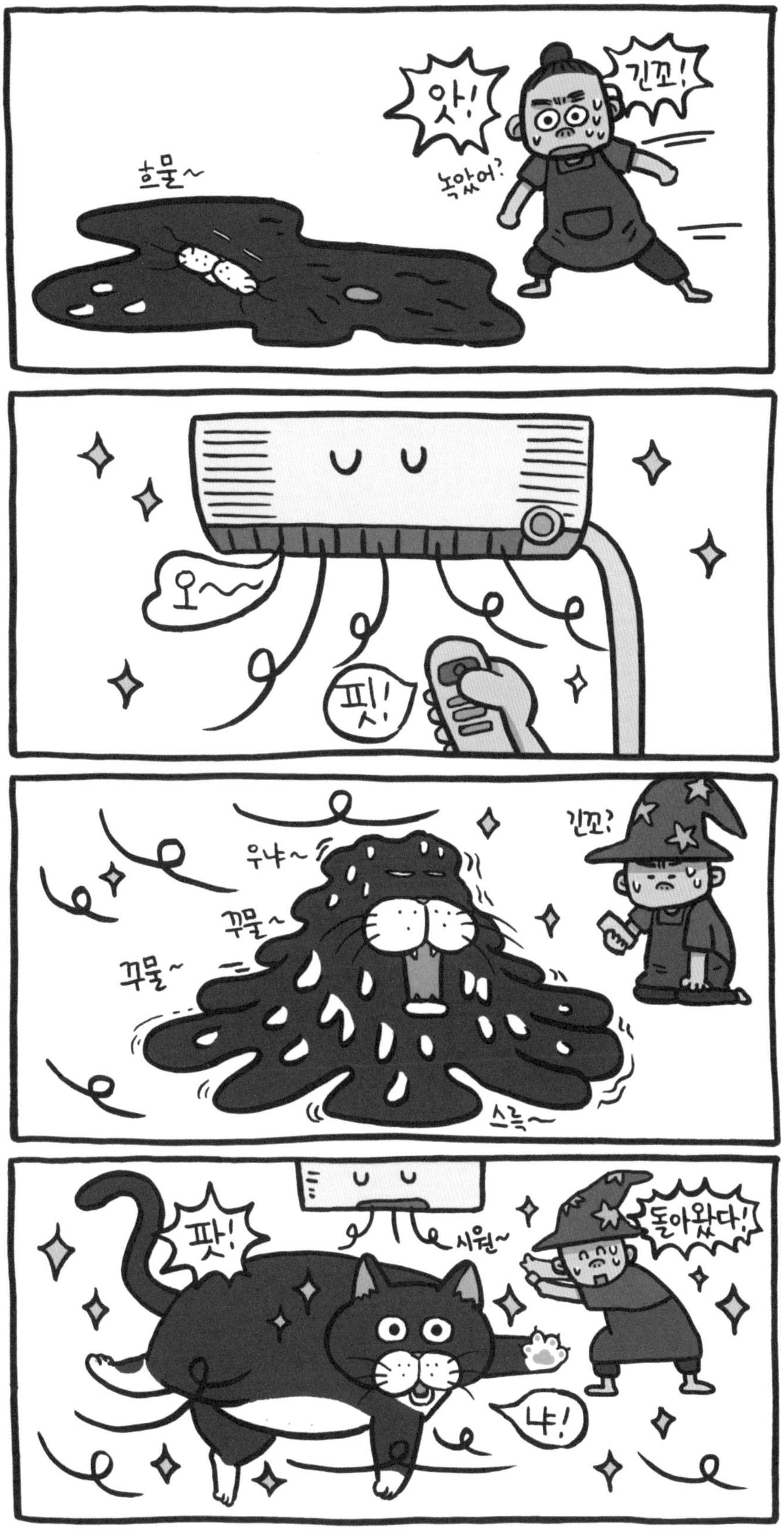

흐물~
앗!
녹았어?
긴꼬!
오~~
핏!
우냐~
꾸물~
꾸물~
스륵~
긴꼬?
팟!
시원~
돌아왔다!
냐!

폭염에 에어컨이 만드는 연금술.

물 반, 고양이 반
한여름 해변에서 망고, 긴꼬, 응달이를 찾아보세요.

# 한여름에는 공포영화

나는 무서운 영화를 잘 못 본다.
괜히 봤어… 잠은 다 잤네.
→ 호기심에 유명한 영화는 보고 만다.
절레절레
짭짭
그래도 긴꼬가 있으니까 한결 덜 무섭다 뭐!
후후~
할할
나를 지켜다오! 긴꼬!
그런데 이 고양이 가끔 아무것도 없는 허공에 집중할 때가 있다.
왜!
멈칫!
벌떡
왜?
왜!
뭐…… 뭐 있어?
아무것도 없는데 그 짓 좀 하지 마! 더 무섭잖아!
할할
우우~
→ 아무 일도 없었다는 듯이 능청을 떤다.

너…너 일부러 그러는 거지!

1번부터 69번까지 점을 따라 선을 이어서
그림을 완성해주세요.
아… 그건 내 전기톱
후후후
내가 아직 긴꼬로 보이냐?
위이~잉~
우씨~
하… 하지 마!

불꽃놀이
밤바람이 시원해지는 늦여름,
고주망태가 된 망고를 찾아주세요.

방학이 끝난 야외수영장
←도착

← 출발

# 맛있는 소리

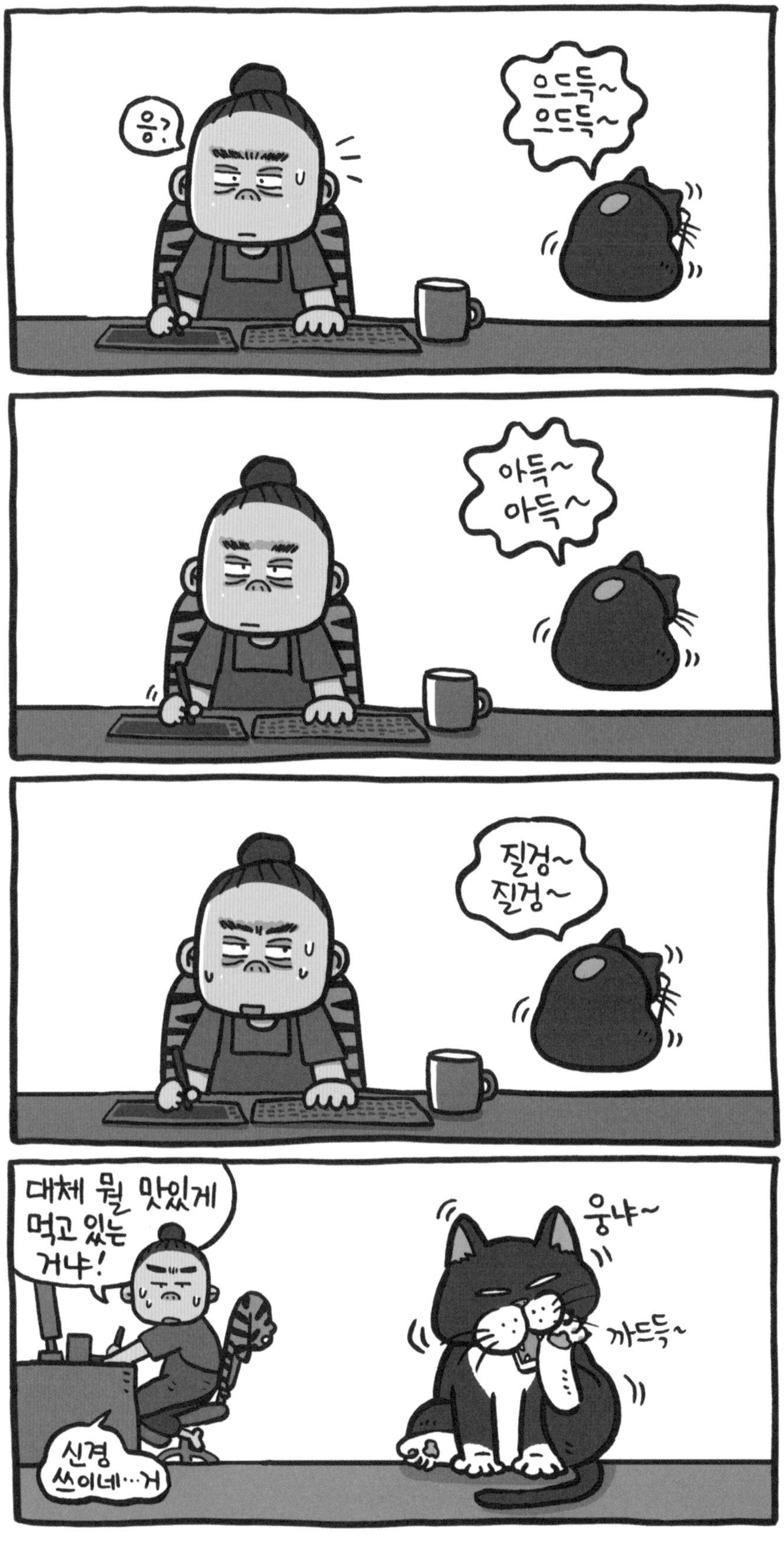
응?
으드득~
으드득~
아득~
아득~
질겅~
질겅~
대체 뭘 맛있게 먹고 있는 거냐!
신경 쓰이네…거
웅냐~
까드득~

맛있냐? 발톱?

맛있게 발톱을 깨물다 들킨 긴꼬 중 조금 다른 두 긴꼬를 찾아주세요.

# 더불어 사는 세상

길고양이에게 사료를 주면
낮에는 비둘기들이…
별거 다 먹는구나…
구륵~ 구륵
구륵
구륵
밤에는 고양이들이…
많이 들 먹어라!
왁왁
웅냐!
우적우적
중간 중간 이름 모를 벌레들이…
히익~
파티다! 파티!
꼬물~
♪~
바스락
바스락
얏호!
냠냠
커억
샤샤삭
그 밖에 눈에 보이지 않는 것들까지
음…
냠
냠
맛있다.
맛있어!

참으로 더불어 사는 세상이로다.

모두의 급식소
겁 많은 고양이 망고를 찾아주세요.
내가 봉이냐!
밥 그릇이 비었다!
우냐~
냐!
같이 좀 먹고 살자고~
구륵구륵~
밥!
시끄러! 어서 밥 내놔!

가을 운동회
휴식하는 망고를 찾아주세요.

1

가을 나무
냐!
← 출발

어디있냐? 긴꼬!
→도착

## 이자카야냥

찬바람이 불기 시작하는 계절,
일찌감치 취한 망고를 찾아주세요.

MENU
IZAKAYA

# 이 동네 아이돌

산책을 하다가 고양이를 발견하면
핫!
개는 몹시 흥분한다.
야! 진정해!
고양이다! 고양이가 있어!
왕왕왕!
헥헥~
엄마! 고양이! 고양이가 있어!
알알알알!
진정해…
산책을 하다가 고양이를 발견하면
응?
핫!
얘도 몹시 흥분한다.
야! 진정해!
고양이다! 고양이가 있어!
귀여워!
후후후~
찰칵!
헉헉~
찰칵!
엄마! 야옹이! 야옹이가 있어!
응~ 그래~ 야옹이가 있네…

뭐랄까. 야생의 고양이는 더 빛나 보여.

아이돌 고양이의 등장으로 흥분한 사람들 틈에 숨어 있는
야구공, 연필, 칫솔, 장갑, 은행잎, 우주선, 돌고래, 국자를 찾아주세요.

# 겨울 소리

창밖의 바람 소리.
윙~~
윙~
그 바람을 가르는 자동차 소리.
윙~
윙~
보일러 소리.
웅~
냉장고 소리.
웅~
컴퓨터 소리.
웅~
가습기 소리.
웅~
긴꼬 소리.
고릉고릉~
나의 소리.
뿡~

뜨끈하고 구수한 소리.

# 흔적

현관 앞에 떨어진 모래.
굴러다니는 털 뭉치.
데굴
데굴데굴
데굴
구멍 난 침대 커버.
뿅
뿅
뿅
뿅
뿅
너덜너덜해진 요가 매트.
나마스테~
넝마가 된 스크래처.
손등의 상처.
흡!
사랑의 흔적!
이거 필수
……
털옷이 된 겨울 코트.
보자 보자 하니까 말야!
너 너무 존재감 있는 거 아니냐?
하? 그래서?
아니…뭐… 그냥 그렇다고…

제가 더 열심히 쓸고 닦겠습니다.

# 하얐고 까맣고 부드러운 것

긴꼬가 연상되는 것들.

하얗고 까만 동물들 사이에서
고양이 다섯 마리를 찾아주세요.

## 긴꼬를 찾아라

하얗고 까만 고양이들 사이에서 긴꼬를 찾아주세요.

색칠 공부

## 집사의 꿈, 고양이 소파

부드럽고 따뜻한 긴꼬를 찾아주세요.

냐!
고릉고릉
그릉그릉
흐아~품
우냐?
아우?
냐~
냐
어흐~
냐~
그르릉~
냐!
우냐
하아~품!

황홀할 것 같다.

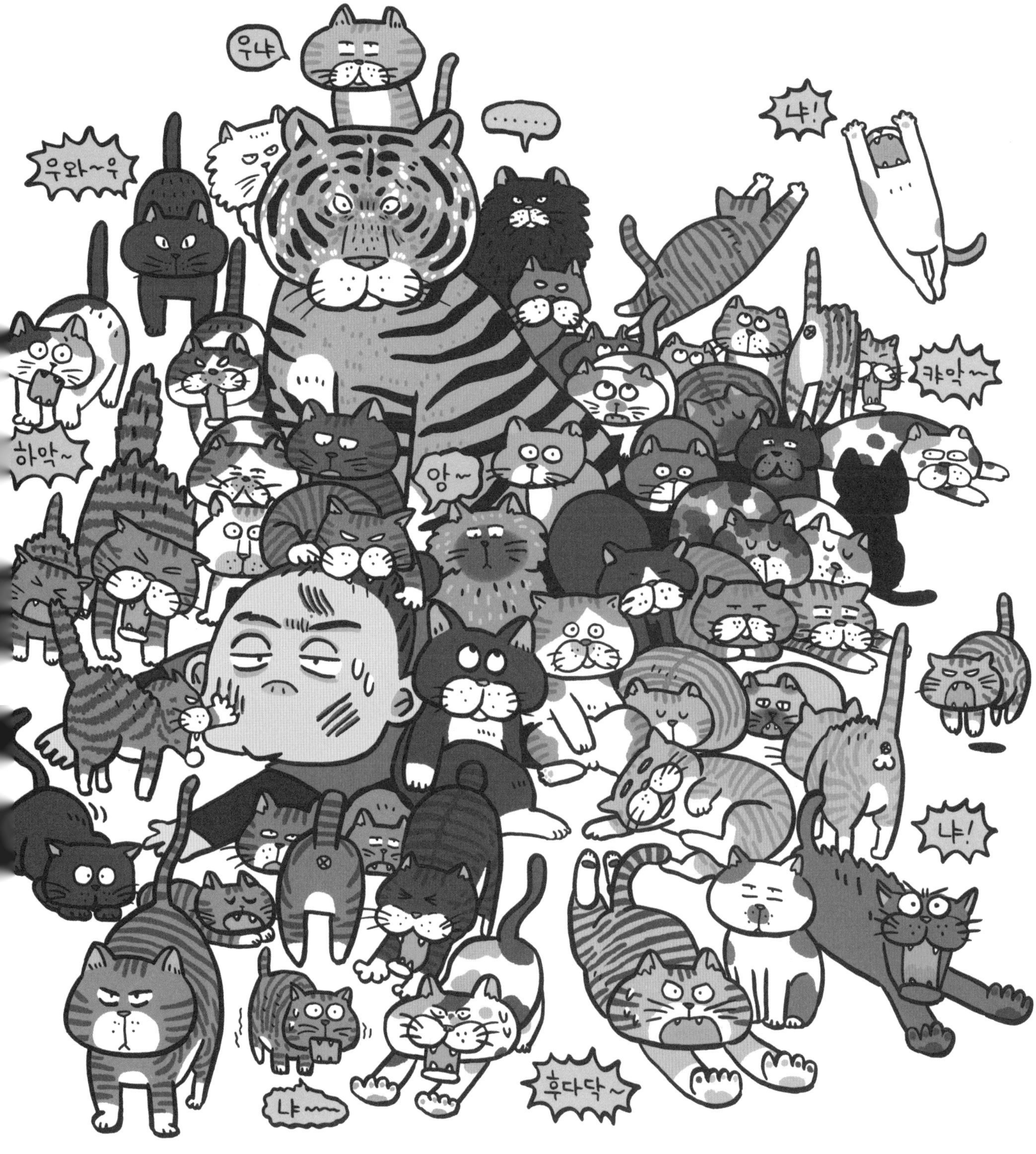
우냐
……
냐!
우와~우
캬악~
하악~
앙~
냐!
후다닥~
냐~~

앉을 수 있다면…

# 털실 고양이

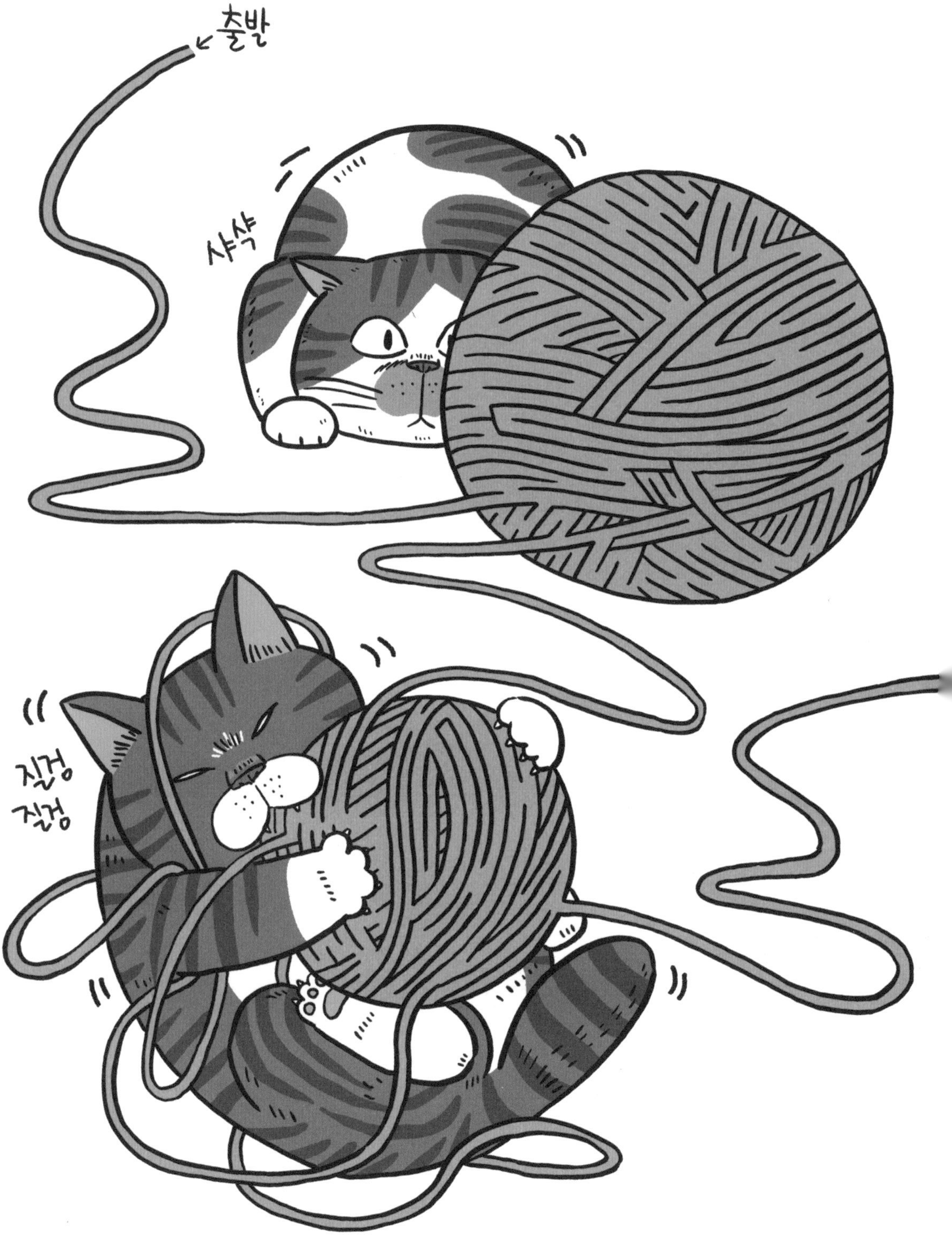

출발
샤샥
질겅
질겅

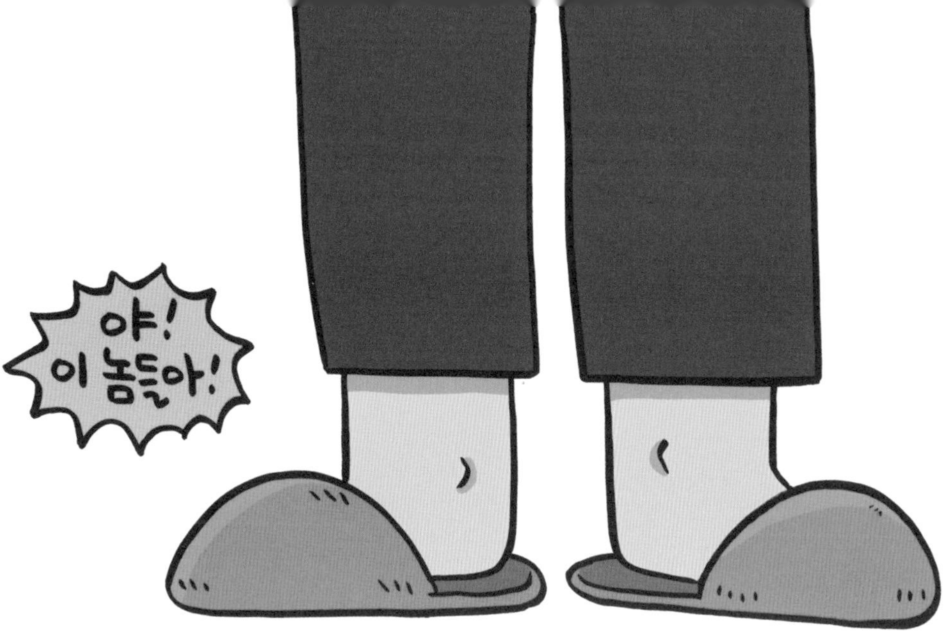
야!
이 놈들아!

음…
도착

# 나도 모르게 그만

플랭크를 하고 있으면,

지긋이~
끙~

응?
쓰윽~

반드시 품안으로 들어온다.

야…
그릉그릉그릉~

나 운동 열심히 하라고?

귤이 있고,

자고 있는 고양이가 있으면

커~

나도 모르게 그만
이러고 있다.

냐!
살포시~
헤~♪

이건 거의 모든 고양이 집사들이 하고 있을 거다.

# 긴꼬 밀크

남극의 황제펭귄은
알에서 부화한 새끼가 어느 정도 클 때까지 발 위에 올려 품안에서 키운다고 한다.
진정해.
뭐야? 이거! 겁나 추워!!
남극 이니까…
그렇게 새끼들은 영하 40도의 추위를 견디며
음… 과연 따뜻할 것 같다.
스스로 사냥할 때까지 부모가 번갈아가며 주는 '펭귄밀크' 라는 걸 받아먹는다.
penguin MILK
펭귄밀크
펭귄밀크란 먹이를 잡아먹고 소화시키지 않은 채 저장했다가 새끼에게 토해주는 걸 말한다.
자! 내 새끼 맛있게 먹으렴.
웩!
웩!
우에에에엑~
무… 무슨 짓이야!
가끔 이 고양이도 뭔가를 토해낸다.
웩!
웩!
크아아아악~
사료를 씹지 않고 삼켜 거의 그대로.
긴꼬 밀크!
설마 이 고양이 나 주려고 뱉는 건 아니겠지?
하~개운!
쯧!

## 스파이

황제펭귄 마을에 숨어 있는 긴꼬를 찾아보세요.

# 어르신의 겨울용품

어머니가 이런 걸 사다주셨다.
허리에 두르고 자면 아주 좋다.
의료기
글쎄… 효과가 있을까?
의심스러…
허리가 아플 때 아주 효과적이라 틈틈이 꺼내서 썼는데
호오~ 생각보다 좋은데…
뜨끈
뜨끈
슥-
?
어느 날부터 긴꼬의 것이 되어버렸다.
호오~
앗!
뜨끈
뜨끈
그래서 겨울이 오면 내가 안 써도 되도록 켜둬야 한다.
얘야, 나 그것 좀 켜다오~
얼씨구~
포근~

좋은 것은 대체로 긴꼬의 것이 된다.

# 내가 집 밖을 안 나가는 이유

봄이면 꽃을 구경하느라
이뻐라.
킁킁~
여름이면 더워서
시원하니 맛있다.
옴뇸뇸~
핥핥핥 ~
위잉—
가을이면 바람이 좋아서
휘잉~
구석에 있던 털뭉치
휘잉~
겨울이면 추워서
따끈~
그릉그릉그릉
휘잉
그리고 집에 꿀단지가 있어서…
그릉 그릉 그릉

그래서 나가지 않는다.

# 이상적인 크리스마스

서로 다른 그림 11개를 찾아보세요.

고양이

# 눈 오는 날

눈 구경하러 간 긴꼬를 찾아주세요.

군고구마

고양이와 나

# 그래도 매일

## 성장과 노화

긴꼬 1세,
이진아 26세.
같이 살 거야!
냐아~
긴꼬 10세,
이진아 35세.
척 하면!
척이지!
긴꼬 15세,
이진아 40세.
얼레?
흰머리가 늘었어!
젠장!
?
남은 미래예상도...
나이 들어서 좋은 건 별로 놀랄 일이 없다는 거지. 홀홀~
의지로 산다냐!

오래오래 같이 늙어가자고.

# 고양이의 경우, 나의 경우

살이 쪄도 귀엽다.
두둥!
밀려나온 살가죽
우냐?
살이 쪘으면 빼야 한다.
음…
저녁은 굶자.
두둥!
세월이 지나도 변함없이 귀엽다.
10년 전
지금
조금 날씬
세월의 변화가 확실히 보인다.
췻! 또 흰머리가 늘었어!
다소 망가진 모습도 귀엽다.
커~
그냥 망가져 있다. 누가 볼까 무섭다.
커~
뿡-
씻기지 않아도 항상 좋은 냄새가 난다.
킁킁킁~
스하~ 스하~ 스하~
매일 씻고 바르지 않으면 안 된다.
토닥
토닥
젠장! 귀찮아!

비결을 알려다오!

어쩌다 인간으로 태어나가지고. 쯧.

# 너와 함께라면

고난이 찾아와도

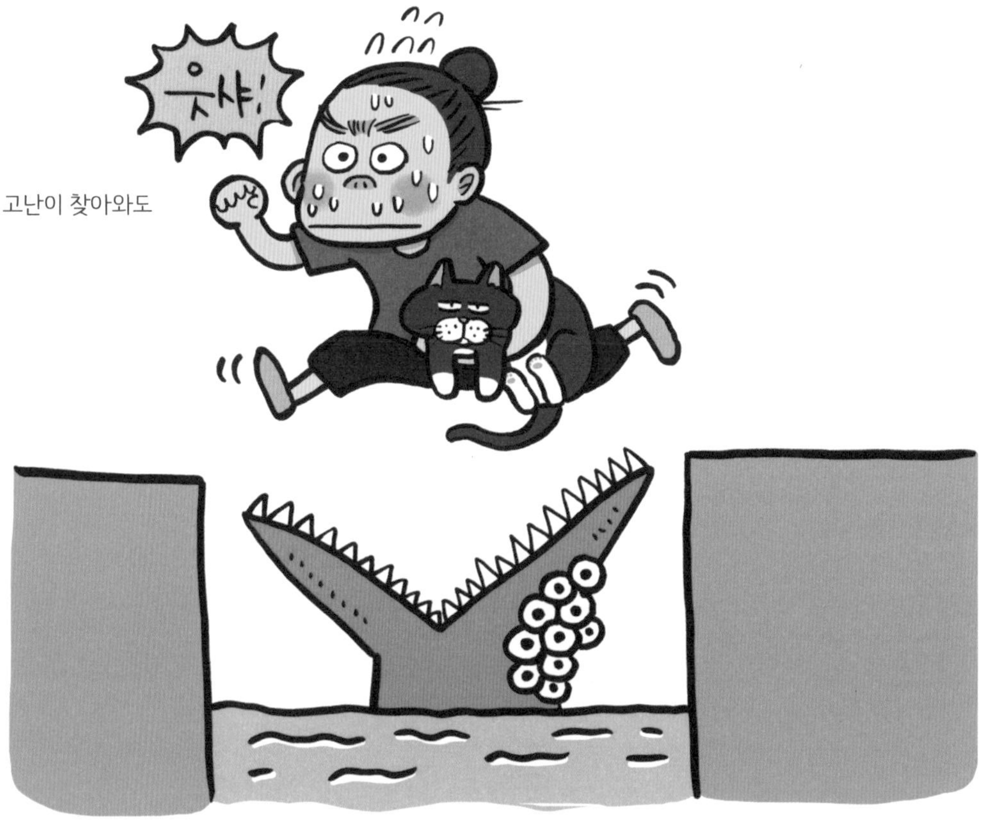
읏샤!

너와 함께라면

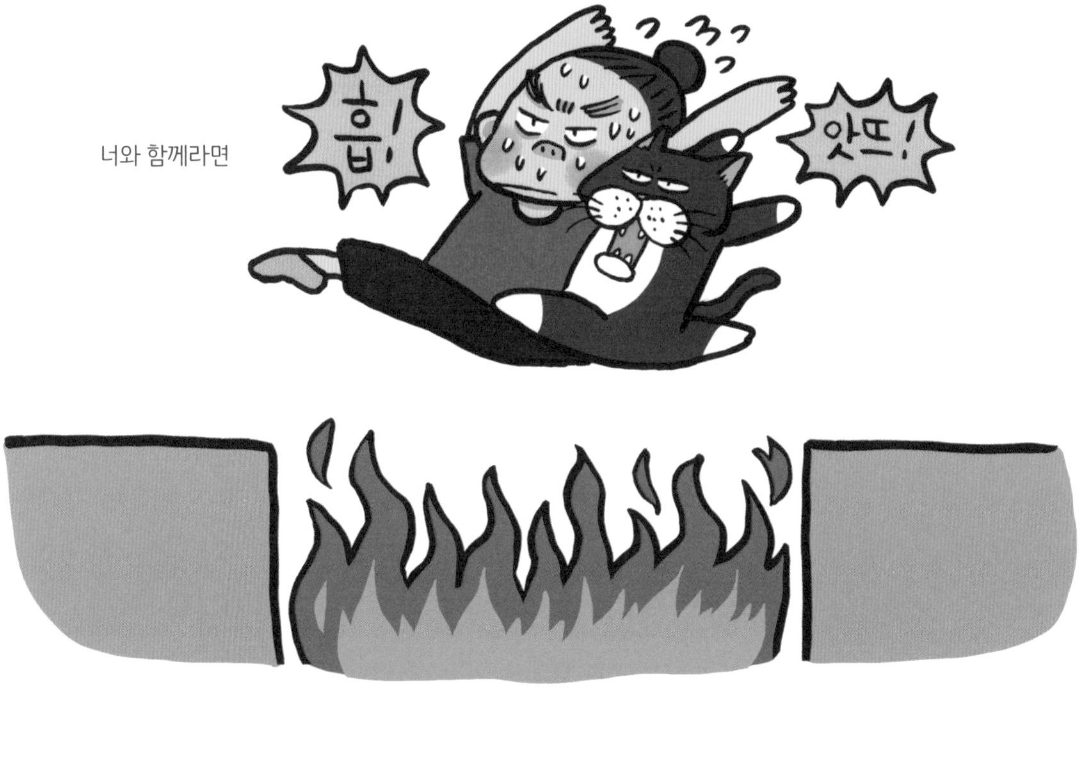
흡!
앗뜨!

넘지 못할 산은 없다.

## 면역력을 높이는 법

고양이를 쓰다듬으면
그릉그릉 하고 목을 울리는데,
이때 몸의 면역력이 올라간다고 한다.
쓰다듬
예쁘다. 예뻐.
그릉 그릉 그릉
인간도 스트레스보다는
즐거울 때 면역력이 올라가겠지.
크하하하하하하!
절레 절레
코미디를 보며 맥주를 마시는 것이 큰 즐거움
그래서 나는 긴꼬를 쓰다듬고 있을 때
의사가 된 것 같은 기분이 조금 든다.
♪~
고릉~ 고릉~ 고릉~
지금 긴꼬는 좀 건강해지고 있어.
물론 이렇게 긴꼬 허리에 귀를 대고 있으면
내 면역력도 올라가는 기분이 된다.
그릉 그릉 그릉 그릉 그릉 그릉 그릉 그릉~
나도 좀 나눠줘! 면역력!

의학적으로 정말 효과가 있다고!

# 간단한 진료

네
진료실
다음 환자분~
들어오세요
어디가 불편 하세요?
최근 들어 기운도 없고 기분도 계속 우울해서…
응.응.
너무 걱정 안 하셔도 됩니다.
증상이 심각하지 않으니 간단한 진료만 받고 가시면 됩니다.
자! 이쪽으로…
아! 감사합니다.
귀를 원장님 허리에 대시구요~
아…
그릉 그릉~
그릉 그릉
자. 마음편하게 원장님을 쓰다듬으시면 됩니다.

자자, 부끄러워 마시고. 어렵지 않아요.

## 손님이 오면 1

손님이 오면 긴꼬는
냐~
어슬렁
어머~ 긴꼬 안녕?
어슬렁
일어났네
꼭 밥 먹으러 나온 척하며
누가 왔는지 체크한다.
언제 봐도 귀엽네, 긴꼬는.
웅냐 웅냐
달그락 달그락
히~ 그치!
그리고 자기에 대해
말하는 걸 엿듣는다.
내가 왜 그렇게
생각하냐면
긴꼬는 뭔가 우아해.
멈칫-
우리가 말하는 동안
등지고 앉아 있지만
긴꼬의 귀가 맹렬히
우리 쪽을 향해
움찔거리기 때문에…
냐냐
야. 끝났어. 이제 들어가.
능청떨기는…

보통 자기 이야기가 끝날 때까지 앉아서 듣는다.

## 손님이 오면 2

긴꼬와 투샷이
많지 않아서
발 만져볼래?
되게 부드럽다.
우와~
진짜다.
조물
조물
말랑말랑해.
손님이 오면
사진을 부탁한다.
우리 사진
좀 찍어줘.
그럴까?
다정한
느낌으로
부탁해.
긴꼬
뽀뽀뽀~
자~
찍을게.
후훗-
움찔-
찰칵-
츄~
응?
찰칵-
웁-
턱
읍-
찰칵-
꾸~욱
긴꼬야…
제발
한 장만~

왜 나를 사랑하지 않아!

긴꼬와 춤을
그림자와 같은 동작을 찾아주세요.
동작을 따라 해도 좋아요.
물론 고양이가 허락한다면…
셸위 댄스?
냐?

......
♪
힘들어…
헉헉…

# 유혹하는 고양이

기묘한 자세로 하는 털 손질.
핥핥핥
귀여워!
히~
후욱~
귀여워!
야무지게 모은 찹쌀떡.
싸울 때 커지는 꼬리.
귀여워!
우와오~와우~
펑!
하악~
펑!
물 마신 뒤 턱에 맺힌 물방울.
우냐?
귀여워!
어푸~

내 이불에 꾹꾹이를 하는 뒷모습.
그릉~그릉 그릉~
꾹~
꾹~
꾹~
귀여워!
하품할 때 잠깐 보이는 악마 같은 얼굴.
크아암~
귀여워!
자다 깨서 나를 보며
기지개를 켜는 동작.
웅냐?
부들~
아…
툭
이놈!
이놈!
킁킁~
쪽~
쪽~
일루와♥
귀여워!
왕~

귀여워서 못쓰겠다!

## 운명의 고양이

이렇게 많은 고양이들 속에서도
시선을 사로잡는 고양이 긴꼬를 찾아주세요.

## 맛있는 것 1

찰칵-
응?
팟-
맛있는 거!
빠르다
일어났네. 밥 먹고 자!
우냐
음음
왁왁-
잘 먹네… 아주 밥그릇에 들어가겠다
천천히 먹어
흠흠
식사가 아주 훌륭해. 셰프를 좀 불러줘. 인사를 하고 싶군.
꺼억-
만족하셨다니 다행입니다 후후후~
우아한 척은…

단골 고객!

# 맛있는 것 2

보글 보글
찰칵—
응?
팟—
맛있는 거! 또 주는 거야?
냐!
챠—
헉!
보글 보글
거 진짜 양심이 없냐~
너 방금 먹었잖아! 나 좀 먹자!
하악~
→ 김치찌개
맛있는 거…
쳇! 기대하게 만들고 말야…
흥!
세상의 모든 참치캔이 네 거라는 생각은 버려!

그렇게 기대하는 얼굴로 쳐다보지 말라고!

# 의젓한 고양이의 반전

어르신! 간식 드실 시간입니다.
나는 고양이로소이다
응? 시간이 벌써 그렇게 됐나?
나이가 든 긴꼬는 매사에 의젓하다.
내가 일할 때는 방해하지 않고 가만히 자기 일을 한다(주로 잠).
이제 내 책상 위에는 올라오지 않고
어렸을 땐 그렇게 올라와서 펜을 떨어뜨리더니
……
식탁 위에도 거의 올라오지 않는다.
예전에는 그렇게 올라와서 내 물을 뺏어 마시더니…
……

손님의 이불도
밟지 않는다.
톡톡톡
망고와 응달이는 말도 안 되는
자세로 자곤 했는데,
긴꼬는 지금도 다소곳이 잔다.
커~
부들
그런데
어째서냐!
스멜~
어째서 한결같이
응가 하고 안 덮는 거냐!
뭐해? 빨리 치워! 냄새나.
우~씨~

고양이는 무리 안에서 서열이 높으면 덮지 않는다고 한다.

# 하아품

하품하는 순서에 맞춰 그림을 나열해주세요.

# 자니?

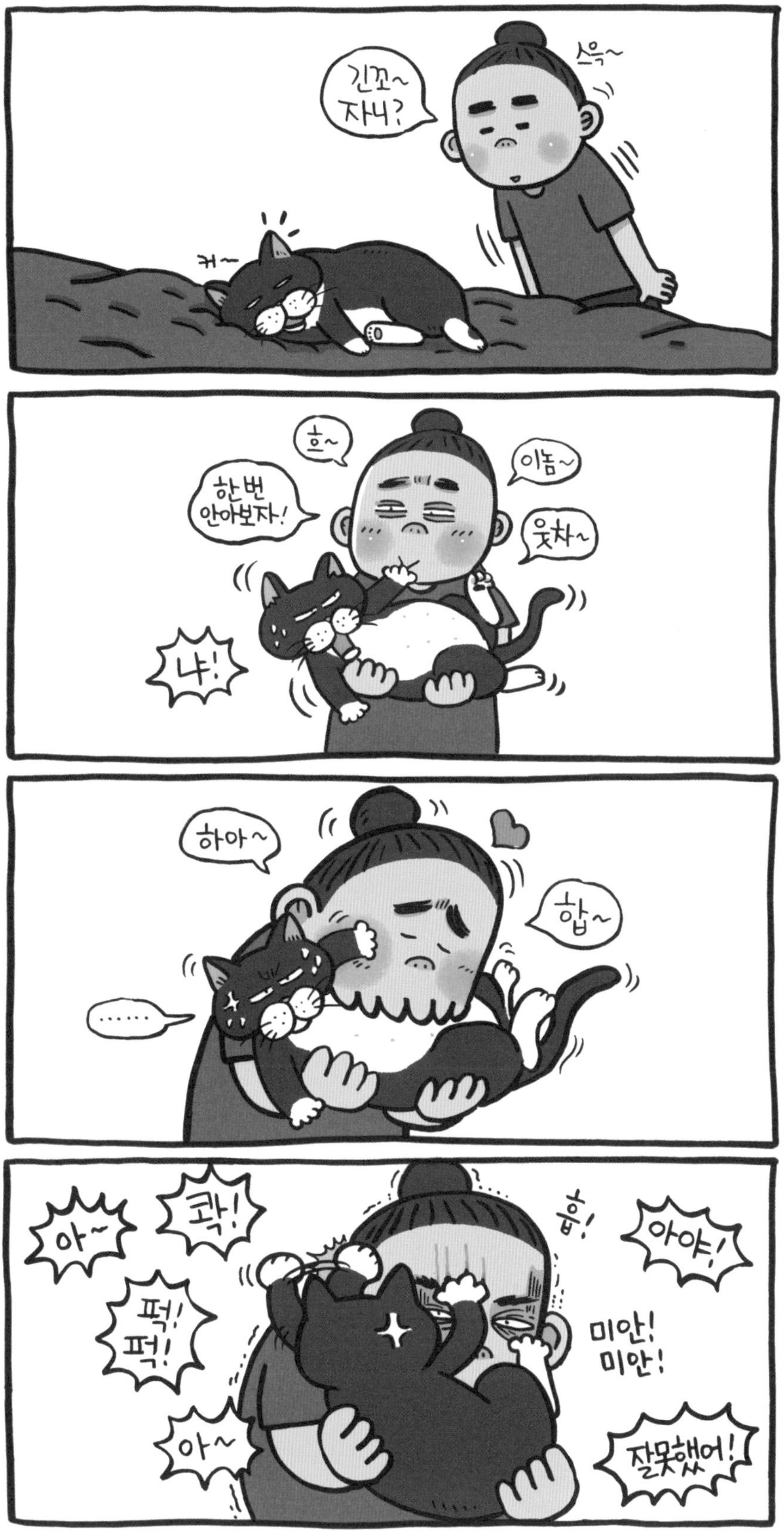

긴꼬~ 자니?
스윽~
커~
흐~
한번 안아보자!
이놈~
읏차~
냐!
하아~
합~
……
아~
콱!
흡!
아야!
퍽! 퍽!
미안! 미안!
아~
잘못했어!

타이밍 중요!

# 자유로운 고객님

어서오세요. 고객님.
오늘은 어떤 것으로 하시겠습니까?
흠~ 어디보자~
쥐돌이
깃털
오뎅 꼬치
잠자리
공
이게 좋겠군!
그럼… 시작하겠습니다.
언제든지 시작해!
후…
촥!
히익
어째서?
콱!

어떤 선택을 하든 결과는 같다.

# 긴꼬의 사냥

긴꼬가 사냥하는 순서에 맞춰 그림을 나열해보세요.

# 전생의 인연

옛날 옛적 호랑이 담배 피우던 시절
응?
금연구역 과태료 10만원
산골 마을 어느 초가집에 아름답고 착한 아내와 망나니 남편이 살고 있었어요.
남편은 게을러서 일은 하지 않고 밤낮 먹고 자고 놀기만 했어요.
쌀이 다 떨어졌어요
커~
책임감이라고는 없는 인간이었죠.
몰라~몰라~ 난 잘거야!
이 인간이…
우~
결국 가엾은 아내는 참다 참다 남편이 잠든 사이 그 곁을 떠나게 되고
흑~
잠에서 깬 망나니 남편은
휘잉~
부시시
여보~ 나 밥~
그제야 부인이 사라진 걸 알고 자신의 잘못을 뉘우치게 되었습니다.
왕~
여보~ 내가 잘못했쪄 돌아와! 보고 싶어! 내가 잘 할게~
어흑~
…하는 전생의 큰 업보 같은 게 나한테 있지 않을까 상상해본다.
눼~눼~ 여기 대령이요!
어이!
밥!
있을때 잘해라!
챠!

거참, 끈질긴 인연일세.

## 현생의 인연

하객 중 고주망태가 된 망고를 찾아주세요.

비가 오나
눈이 오나
아프거나
가난하거나
털이 많거나
적거나
한평생을 같이
할 것을 맹세합니까?
네?
냐!

# 긴꼬 케어

예민하고 까칠한
어르신을 위한 맞춤 서비스.
불편한 점 있으시면 언제든지 말씀해주세요.
딱 내려놔라!
긴꼬 케어
긴꼬 케어 프로그램은 다음과 같습니다.
1일 1회 네블라이저 처방.
이야~잘하네 세상에~ 기특해라~ 예뻐라~
5분만 더 하자.
우~
쉭~~
훌쩍~
웅~~
1일 2회 안약 투여.
눈 떠! 이씨~
냐
냐
냐~
처방 후 보상으로 간식 제공.
움움
......
핥핥핥
뭔가 심기가 안 좋을 때도
간혹 간식 제공.
방금 먹고 뭘 또 달래!
냐
냐
냐~
웃기지마!
먹은 기억 없다

예상치 못한 헤어볼에 난처하십니까?
긴꼬 케어는 24시간 신속하게
여러분의 그것을 처리합니다.
*키친타월 다량 보유.

응?
부스스
긴꼬
토해?
욱욱욱욱
그것

하루 최소 30분 이상의 놀이 시간은 물론,
16년 경력의 베테랑 도우미가 함께합니다.

팟!
샥-
샥-
슉-
씰룩
씰룩

숙련된 물리치료사의 경락마사지도
수시로 제공됩니다.

우~~
팡
팡
팡
팡
주물
주물
발라당
그릉
그릉
그릉~
주물 주물

그 밖에 침구 정리, 습도 조절, 제철과일 제공 등
각종 서비스가 포함되어 있습니다.

헉헉
딸기가 다네. 닮어
웅~
팡
팡
가습기
세일해서
5천원입니다

제길…
나도 케어
받고 싶어…
그럼… 뭐
엉덩이라도
만질래?
만질래!

지치지 않는 집사가 늘 함께합니다.

## 시선 1

내가 씻고 있을 때
치카 치카
빤히~
밥을 먹고 있을 때
후루룩~
후룩~
빤히~
일하고 있을 때
지긋이~
청소하고 있을 때
위잉~
잠을 잘 때
무…무거워
빤히~
쉬는 시간에도
모니터 가리지 마!
빤~
심지어
볼일을 볼 때도
야…나 좀 혼자 있고 싶은데…
빤~
항상 나를 따라다니는
시선이 있다.
조심해라… 지켜보고 있다.
네…

싫지 않아! 굉장히 귀여워!

# 시선 2

내가 자고 있을 때
빤히~
씻고 있을 때
빤~
핥핥
식사를 할 때
빤히~
아구 아구
왁왁
와작~
산책을 할 때
빤~
어슬렁~
볼일을 볼 때도
부들
끙~
빤히~
창밖을 보고 있을 때마저
멍~
나를 훔쳐보는 시선을 느낀다.
히~
흠칫!
히~
눈치챘어?
나 훔쳐보지 말고 일좀해! 인간아.
냐!


좋으면서 그런다!

# 지켜보고 있다

서로 다른 그림 10개를 찾아보세요.

## 말을 아는 고양이

긴꼬는 영리해서 어쩐지 사람 말을
알아들을 것 같다는 생각을 했다.
흠…
간단한 숫자부터
시작해보자.
슥-
자. 봐바 긴꼬. 츄르는 하루에 세번이야! 세번!
하나아~
두울~
세~에
슥
움찔-
히익~
챡-
협상 실패!
갑자기? 어째서?
앙~
팟!
질겅질겅

# 말이 많은 고양이

반려동물에게 말을 많이 해주면
영리해지고 신뢰가 깊어진다고 한다.
아-아- 긴꼬 나와라. 오바.
그러고 보니 왠지
알아듣는 것도 같아서
세상에 누가 이렇게 이쁘게 낳아 줬어~
쓰다듬
쓰다듬
그릉 그릉 그릉
응? 누가~ 누가~
수시로 말을 걸었더니
긴꼬- 일어났어?
얘도 말이 많아졌다.
......
냐~
냐냐
냐냐냐냐
냐냐냐냐

무슨 말을 하는지 알겠는데, 가끔 모르는 척한다.

# 새벽 3시의 소리

새벽까지 작업을 할 때면
세상이 너무 조용해서
어쩐지 쓸쓸해진다.
……
슥슥
그래도…
후~냥
톡
톡
톡
톡
슥슥
달그락
달그락
촵촵촵촵
호륵~
박박박박
드륵드륵드륵
이 소리가 나를
안심시킨다.
그릉그릉그릉
그래~그래
이눔시키~♥

살아 있는 소리. 아, 혼자가 아니구나.

## ASMR

소리와 어울리는 모습을 연결해보세요.

그릉그릉그릉
후~냥
촵촵촵촵
톡
톡
톡
톡
박박박박
드륵드륵드륵
달그락 달그락

# 수면 의식

나는 잠들기 전에 긴꼬를 쓰다듬어준다.
쓰윽~ 쓰윽~
다음은 긴꼬가 내 손을 핥아준다.
그러면 나는 좀 황송하고 미안하고 기쁘다.
흐~♥
할짝~
내가 다시 긴꼬를 쓰다듬고
긴꼬가 다시 내 손을 핥아주고
이것이 3회 정도 반복될 때쯤,
긴꼬가 내 손을 물기 시작한다.
응?
움찔
콱!
앙~
이쯤 되면 긴꼬도 나도 졸리다.
그럼 긴꼬는 긴꼬 집에서, 나는 내 침대에서
더 편안한 자세로 잠이 든다.
푸~푸~

잠은 편하게 자주지 않으면 안 돼!

## 꿈속에서

브로콜리, 키친글러브, 럭비공, 왕관, 달팽이,
레몬, 연필, 코끼리, 피자 조각, 도넛을 찾아보세요.

## 노는 걸 들키고 싶지 않아

긴꼬에게 마따따비 볼을 사줬다.
자! 긴꼬 꺼야~
냐?
아무래도 영 관심이 없는 것 같았다.
킁킁~
흥
휙-
그날 밤 자려고 불을 끄고 자리에 누웠는데 방 안에서 당구 치는 소리가 나기 시작했다.
딱!
따닥!
빡!
도르르륵~
우다다
응?
부스럭-
뭐… 뭐지?
딸깍
그래서 불을 켰더니 긴꼬가 가만히 앉아 거친 숨을 쉬고 있었다.
멈칫-
훅
훅
훅

별 반응이 없기에 다시 불을 끄고 누웠다.
음…
빡!
우다다다
뽜ㄱ-
딱
퍽!
도르르르르~
우직끈!
우다다다다
어이~ 어이~
뭐하냐?
벌떡
딸깍
소란스러워서 다시 일어나 불을 탁 켜면 소리는 멈췄다.
음…
멈칫
후
훅
훅
불을 끄고 다시 자리에 누웠다가
빡!
우다다다~
뽜ㄱ!
우직끈~
쿵!
투닥투닥
우다다다
도르르르~
얼씨구~ 놀구 있네.
벌떡-
찍어 두자.
재빠르게 일어나 불을 켰다.
딸깍
모른 척 하지 마!
흠…
멈칫-
도르르르~
왜 불을 켜면 멈추는 거냐!

## 지금 버튼

'지금 버튼'이라는 게 있다. 내 멋대로 만든 거지만.
지금
'지금 이대로 시간이 멈추면 좋겠다'라고
느낄 때 마음속으로 버튼을 누른다.
꾸욱
어떤 사람은 연인과의 행복한 순간에
어떤 사람은 가족과의 화목한 순간에
어떤 사람은 승리를 거둔
기쁨의 순간에
살랑~
또 어떤 사람은
바람 부니까
기분 좋다.
그치?
한가롭고 평화로운
순간에…
고릉고릉~
하앗!
지금!
지금이야!
멈춰라
시간아!
하아~
꾸욱
지금 버튼
연타!

멈출 리가 있겠냐만, 그 순간을 오래 기억하게 된다.

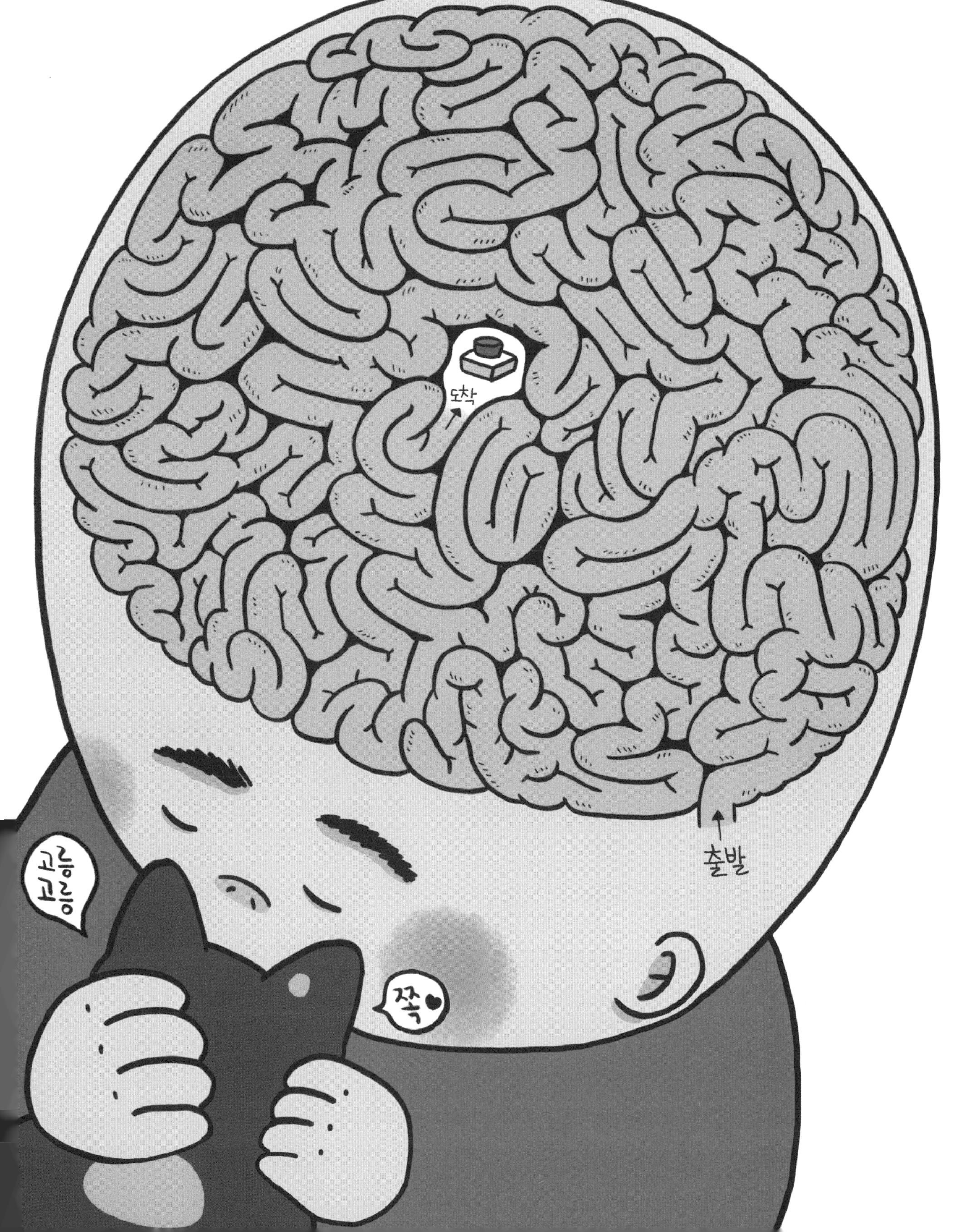
도착
출발
고릉
고릉
쪽♥

# 고양이의 변신

냐~
?
고양이는 여러 가지 다른 모습이 있다.
어떤 때는 곰 같기도 하고
냐~
실루엣이 부엉이처럼 보이기도 하고
하품할 때는 뱀처럼 보이기도 한다.
흐아~품
냐
냐
응?
털이 긴 고양이는 뛰고 있을 때 공처럼 보이는 순간이 있고
털이 짧은 고양이는 엎드리면 살찐 바다표범 같다.
우냐
컹!
놀라서 꼬리가 커지면 너구리처럼 보이기도 한다.
펑
하악~
그리고 가끔 이건 사람이 아닌가 싶다.
커~
내 이불 내 베개 내 핸드폰…
그것도 대체로 아저씨.
나 좀 자자!
어이! 아저씨! 일어나! 밥 먹고 자!
흔들
웅냐?
퍼진 만두 같은 얼굴은 해가지고…

우리 망사장님, 어제 약주를 많이 하셨나봐.

닮은꼴을 찾아 연결해보세요.

## 38.9도의 밤

아침이면 깨워주고
흔들
냐!
응?
커피를 내려준다.
냐!
오~ 고마워!
부재중에는 택배도 받고
아! 이진아씨?
냐!
간단한 전화업무라든가
나 조금 늦을지도 몰라.
집 좀 봐줘!
냐냐냐!

마감 때면 작업을 돕는다.
냐!
도움이 되네. 고마워!
식사는 물론, 청소면 청소, 빨래면 빨래
냐~
아플 때면 정성껏 간호를
냐냐!
콜록콜록~
하아~
하아~
…해준다면 얼마나 좋을까 상상해봤다.
어이! 일어나! 밥줘!
응? 38.9도? 거짓말!
하아~ 하아~
나 죽네~

사실은 옆에 있어주는 것만으로도 충분하다.

효녀 긴꼬의 길
음….
합정약국
약국
출발 →
야키토리
우동
김밥
순대
coffee
우체국
공사중
장터치킨

BAR모
HOTEL
○○은행
마포수산
꽃
구두
수선
헌책
떡
공사중
COFFEE
택배HOO
PIANO
YOGA
드라이크리닝
HAIRSALON
파출소
안경
CAFE
설렁탕
설렁탕
도착
아이고~아이고~
끙~

# 영역 표시

이 고양이는 온 집 안에
얼굴을 비비고 다닌다.
침대 모서리에
스윽~
스윽~
냉장고 모서리에
쓰윽~
긴꼬 전용 의자에
부비 부비~
내 스마트폰에
문질~
읍!

내가 쓰는 펜마우스에
후냥~
후냥
후냥
어이!
심지어 (냄새가 날지 모르는)
손님의 발에도
쓰윽~
쓰윽~
어머~
긴꼬~
그…그만둬!
그런데 나에게는
잘 하지 않는다.
어째서냐!
처음 온 손님 발에도
해주면서… 나는?
어째서?
그야…
네가
나한테
하니까…
문질 문질~
좋아라~
부비~
부비~
하아~

굳이 나까지 할 필요 없잖아.

## 가장 사랑스러운 말

긴꼬 사랑해!
왜 이래? 갑자기 이 인간.
내가 들은 말 중 가장 사랑을 느낀 말은
"밥 먹고 자!"
헤~
어릴 적에 학교에서 돌아와
녹초가 된 나에게 엄마가 그랬다.
진아야. 왜? 몸 안좋아? 괜찮아?
우~
일어나. 밥 먹고 자!
응?
밥!

밥 먹고 숙제해.
밥 먹고 공부해.
밥 먹고 청소해.
밥 먹고 뭘 하라는 게 아니라
그냥 밥 먹고 푹 쉬라는 말이
나를 배려해주고
생각해주는 것 같아
그렇게 사랑스럽다.
밥 먹고 자면 소 된다.
음메~
그래서 가끔 나도 애정을
가득 담아 말을 하곤 한다.
쪽
긴꼬~ 밥 먹고 자~

하긴 고양이가 밥 먹고 뭘 하겠어. 자야지!

# 마감이 끝나면

2019
후룩후룩~
함냐 함냐
사각
사각
긴꼬~
우웅~
2만7천원입니다
포인트 번호
불러주세요~

# 우주 저 너머에

고양이 우주에서 왕관, 고무장갑, 망치, 지팡이, 삼각자, 가위, 슬리퍼, 바나나, 피자 조각을 찾아보세요.

긴꼬는 밥 먹고
기분이 좋으면
가까이만 가도 막
그릉그릉그릉 했다.

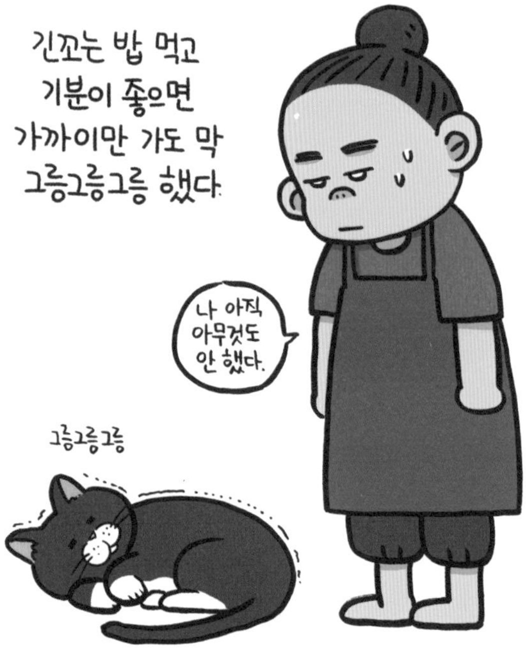
나 아직
아무것도
안 했다.
그릉그릉그릉

# 정답 체크!

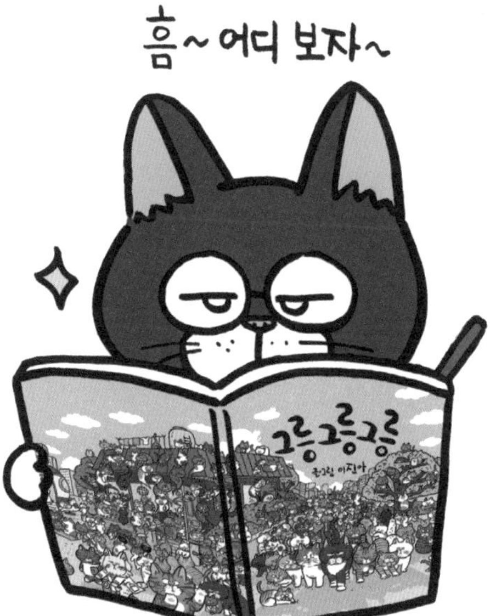
흠~ 어디 보자~
그릉그릉그릉

## 꽃가게와 고양이들

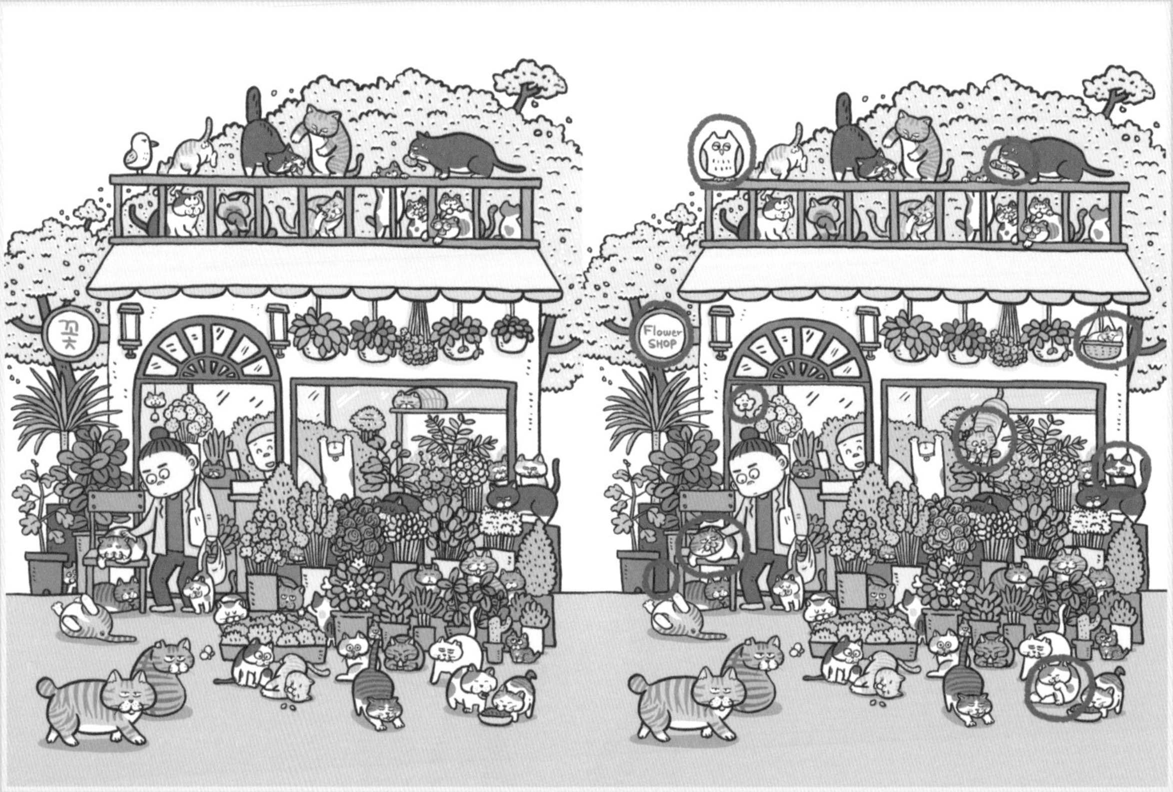
꽃
Flower SHOP

## 봄맞이 목욕

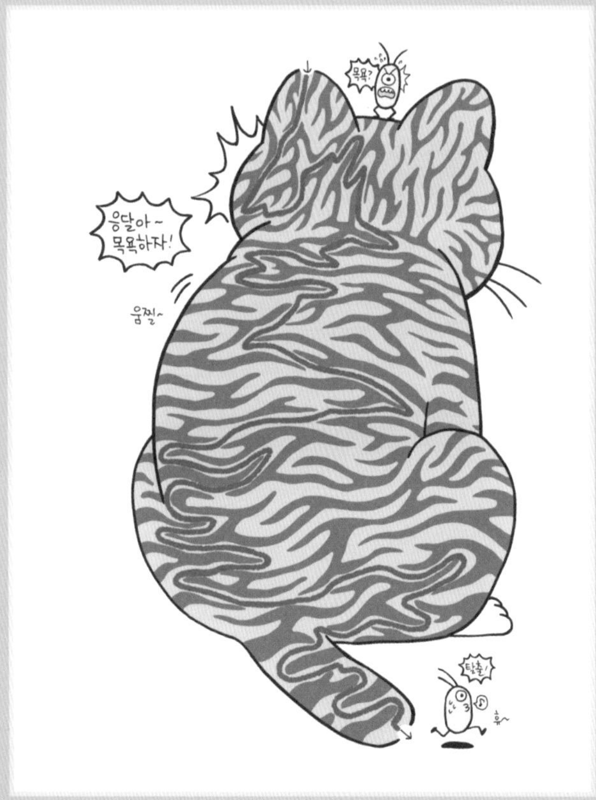
목욕?
응달아~ 목욕하자!
움찔~
탈출!
휴~

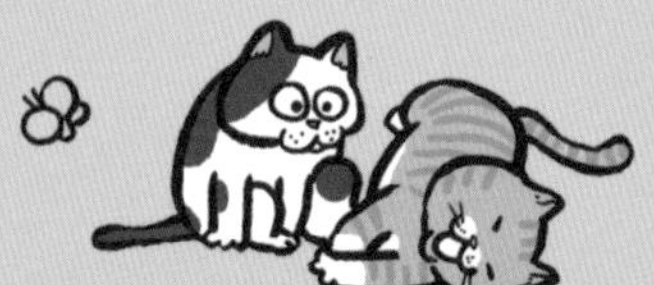

## 봄꽃놀이

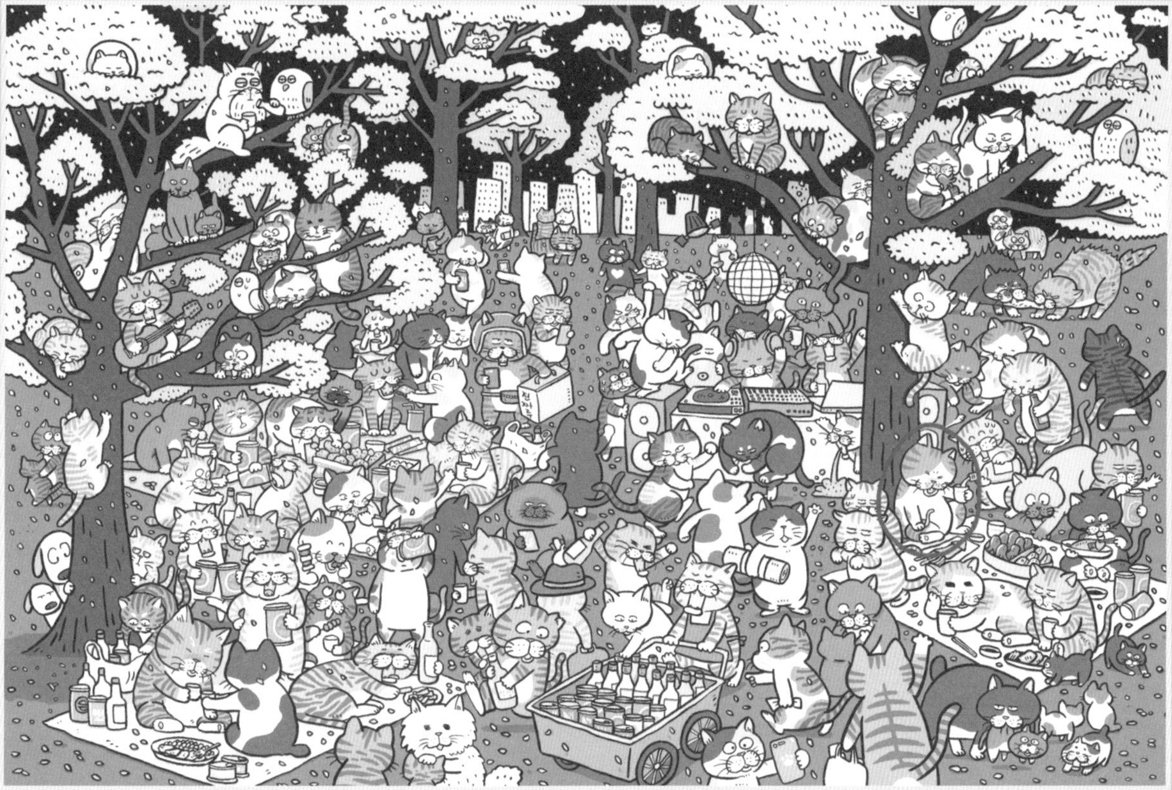

## 나비야 나비야

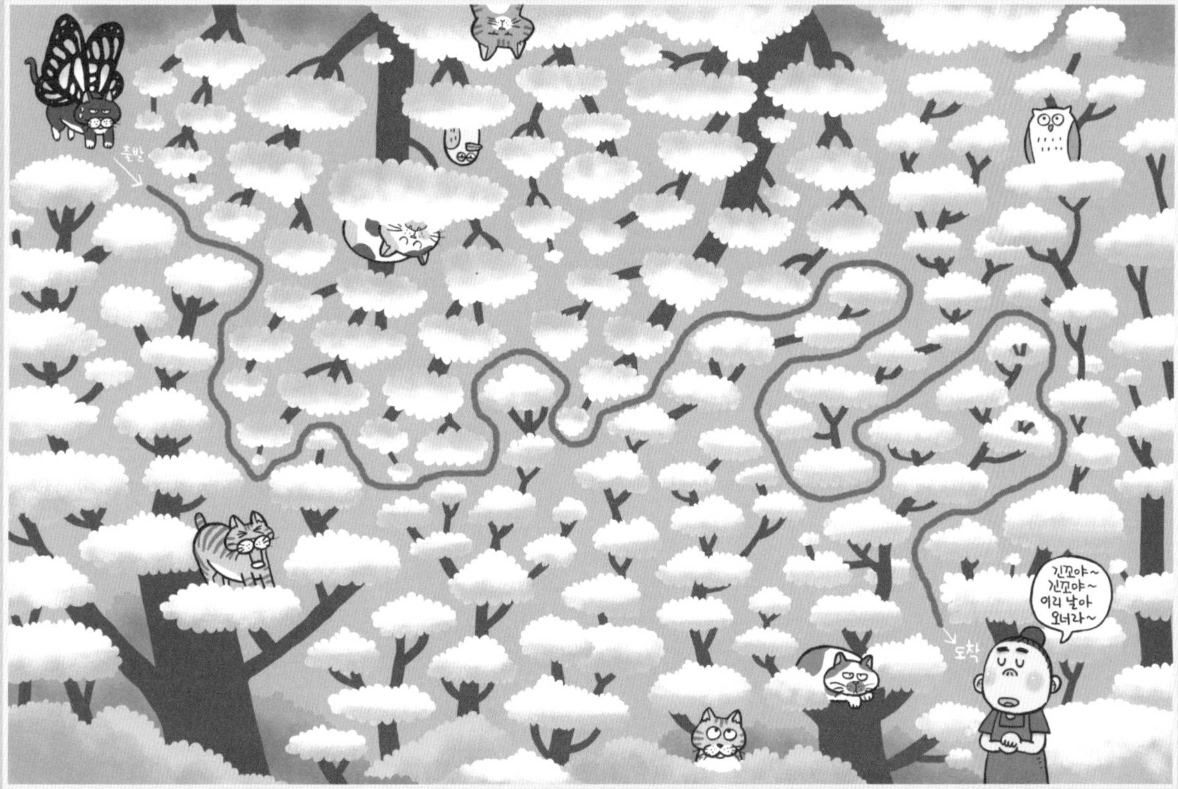
출발
도착
긴꼬야~ 긴꼬야~ 이리 날아 오너라~

## 묘한 잠자리

## 기괴한 꿈

## 물 반, 고양이 반

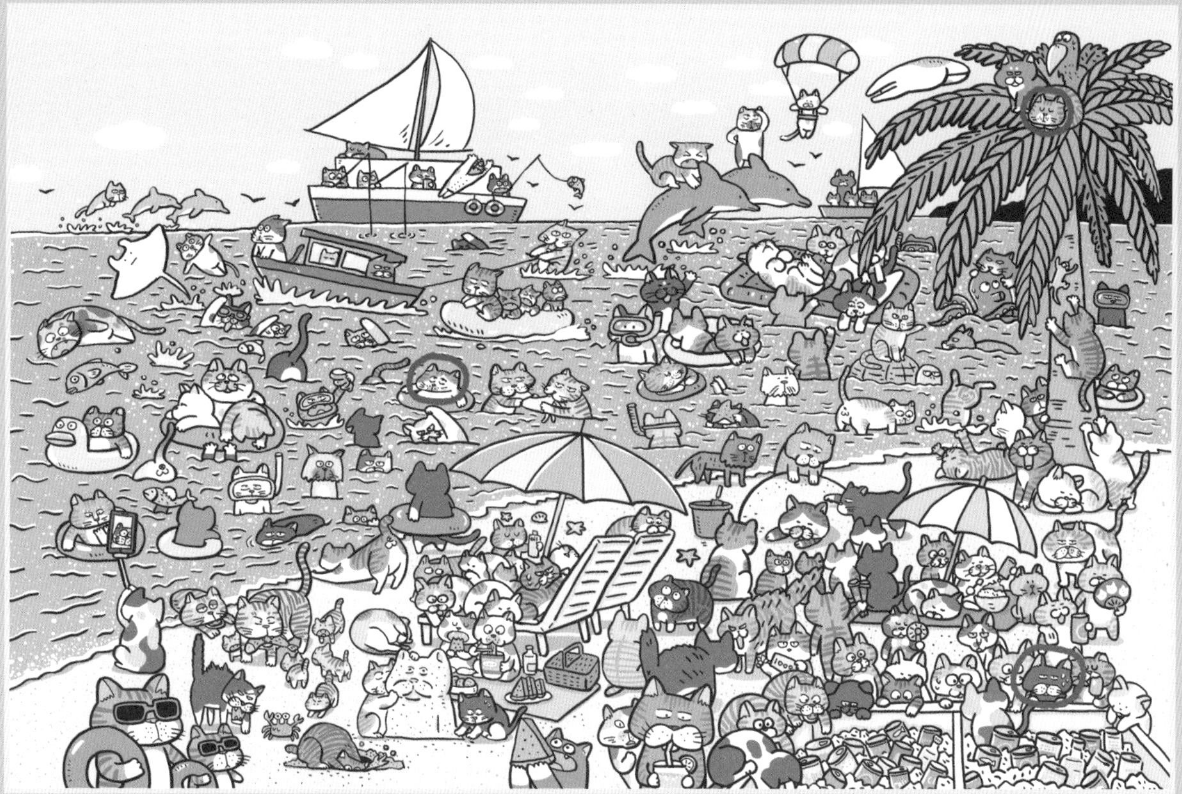

## 한여름에는 공포영화

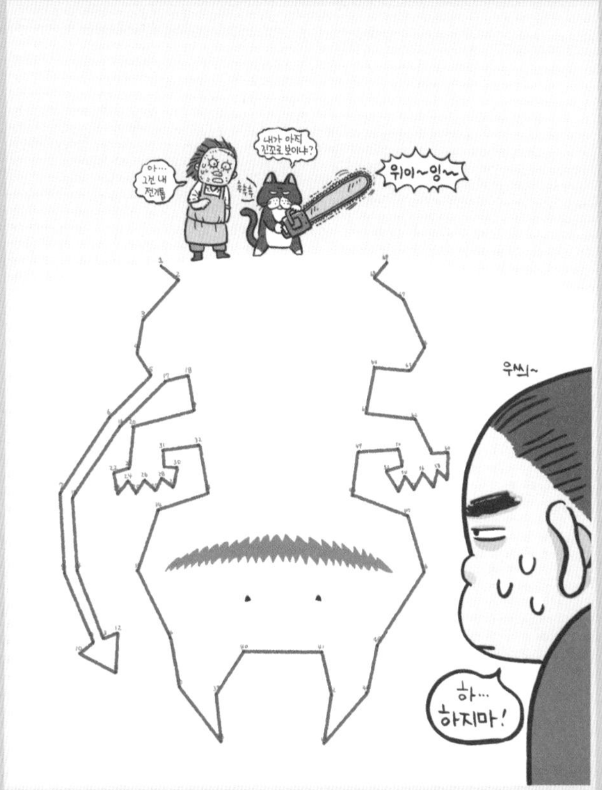
아…
그건 내
전기톱
내가 아직
진짜로 보이냐?
위이~잉~
우씨~
하…
하지마!

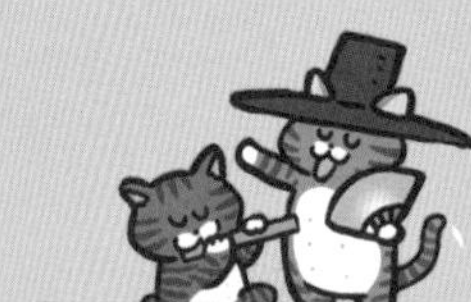

## 불꽃놀이

## 방학이 끝난 야외수영장

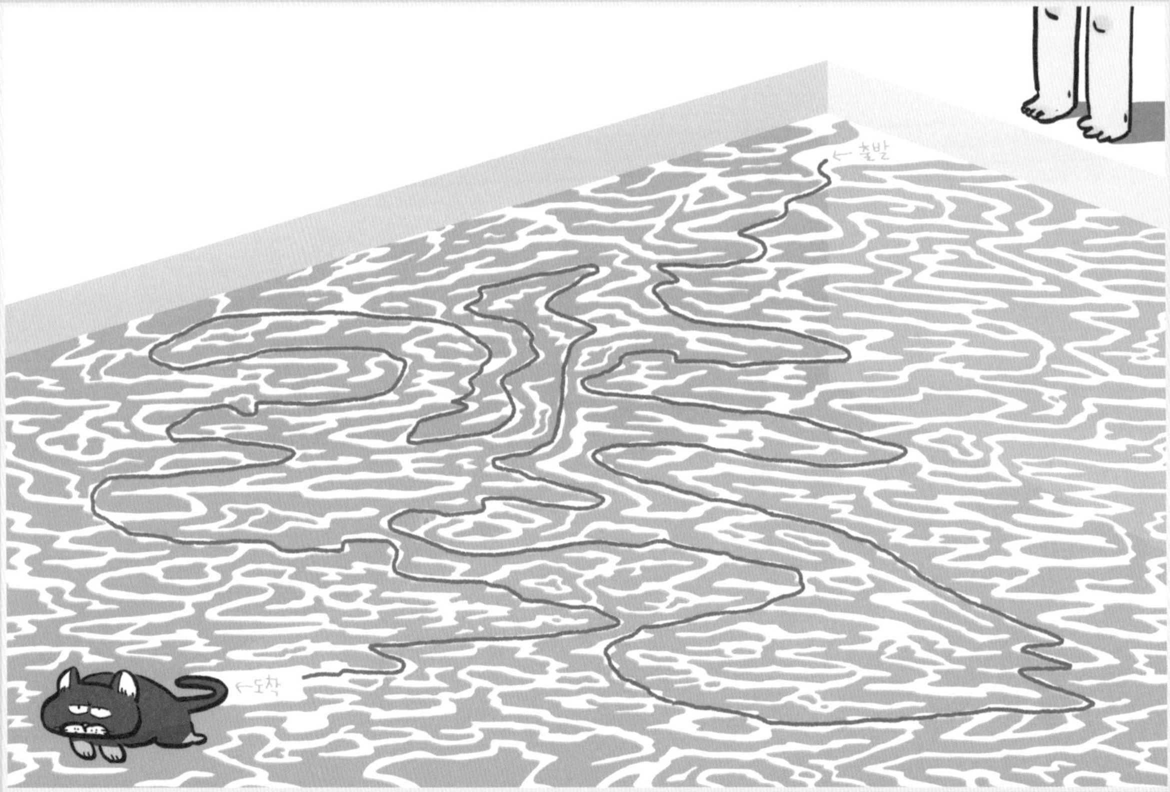

## 맛있는 소리

## 모두의 급식소

내가 봉이냐!
밥 그릇이 비었다!
우냐~
냐!
같이 좀 먹고 살자고~
구륵구륵~
밥!
시끄러! 어서 밥 내놔!

## 가을 운동회

## 가을 나무

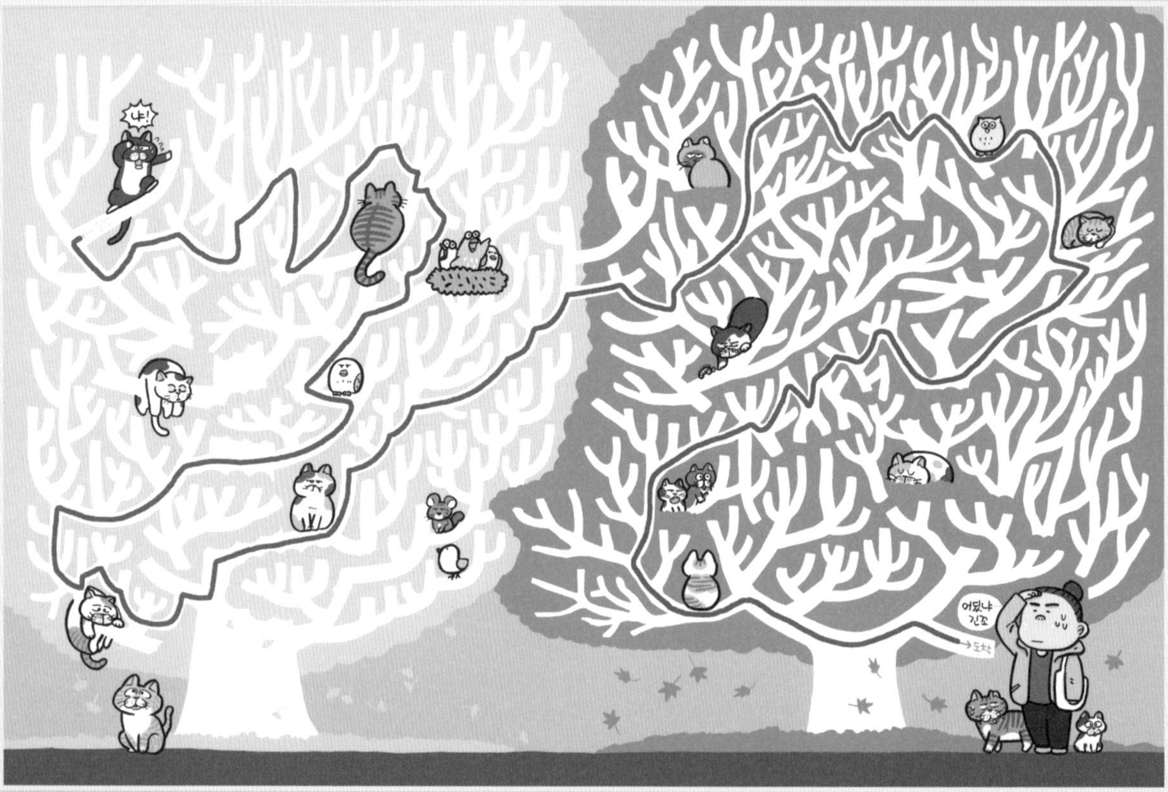
냐!
어딨냐… 긴조
도착

## 이자카야냥

모둠회
참치회
연어회
모둠꼬치
스키야키
타코와사비
샐러드
탄탄멘
새우튀김
오늘의 회
MENU

이 동네 아이돌

하얗고 까맣고 부드러운 것

긴꼬를 찾아라

## 집사의 꿈, 고양이 소파

## 털실 고양이

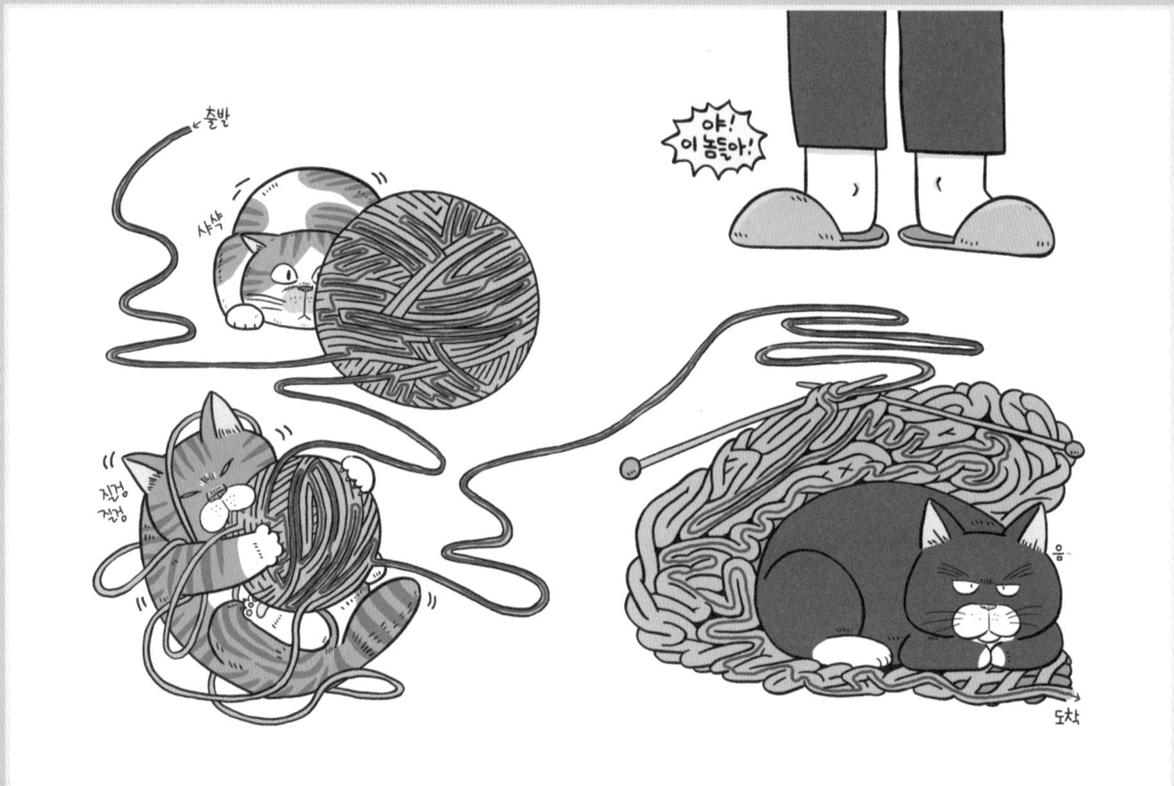

## 스파이

## 이상적인 크리스마스

## 눈 오는 날

## 너와 함께라면

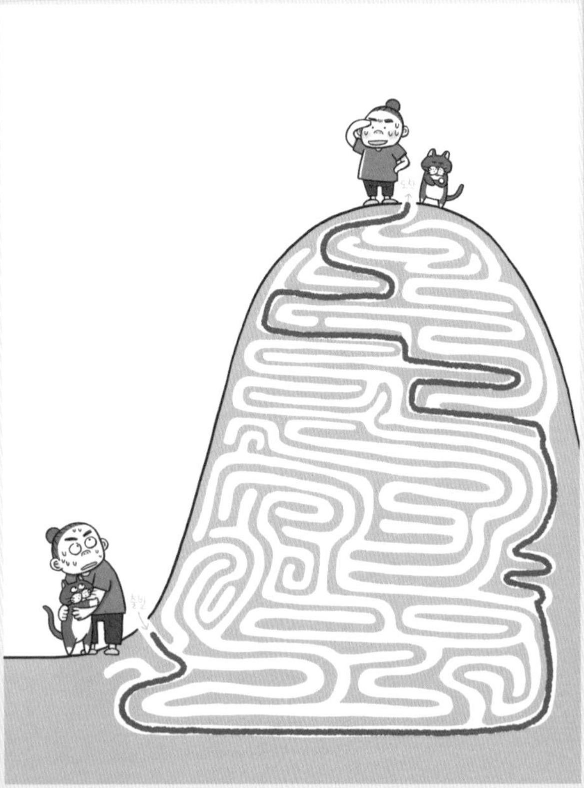

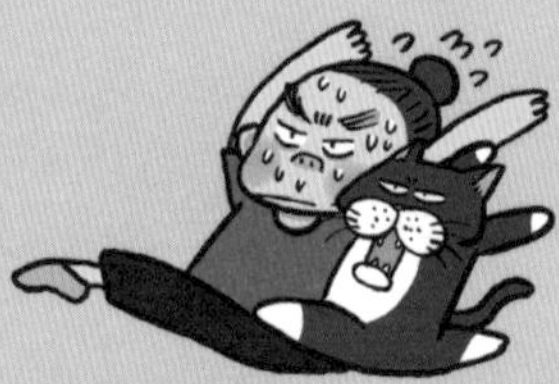

## 긴꼬와 춤을

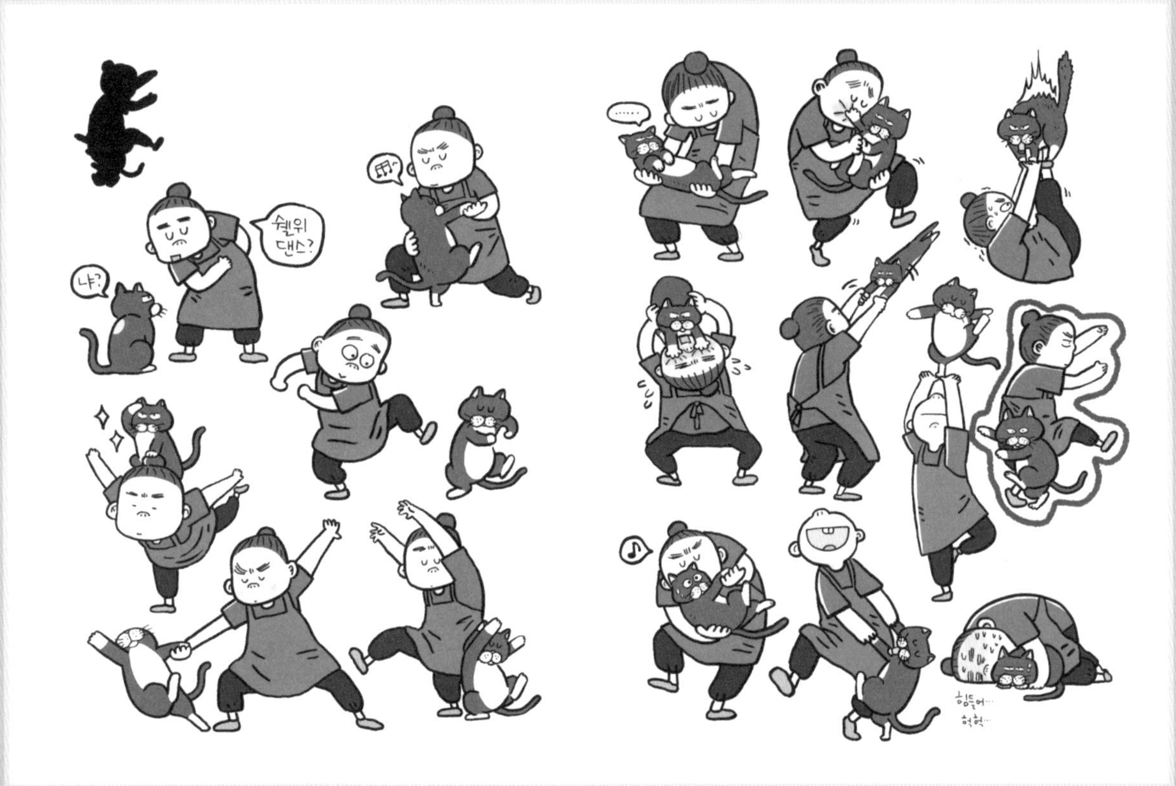
쉘위 댄스?
냐?
......
힘들어...
헉헉...

## 운명의 고양이

## 하아품

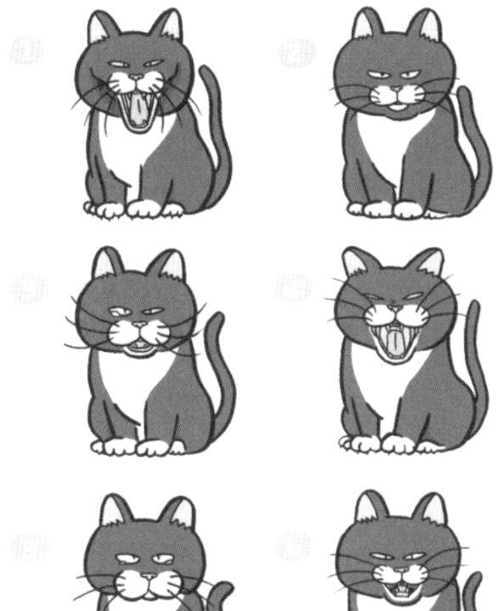

2 → 6 → 4 → 1 → 3 → 5

## 긴꼬의 사냥

12 → 8 → 1 → 9 → 3 → 2 → 11 → 4 → 5 → 10 → 7 → 6

## 현생의 인연

네?
냐!
비가 오나 눈이 오나
아프거나 가난하거나
털이 많거나 적거나
한 평생을 같이 할 것을 맹세합니까?

## 지켜보고 있다

## ASMR

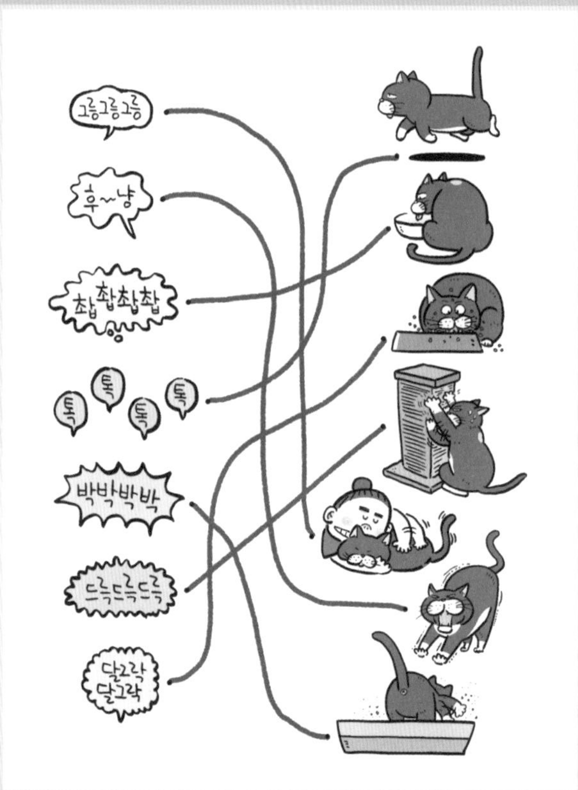
그릉그릉그릉
후~냥
촵촵촵촵
톡 톡 톡 톡
박박박박
드륵드륵드륵
달그락 달그락

## 꿈속에서

## 지금 버튼

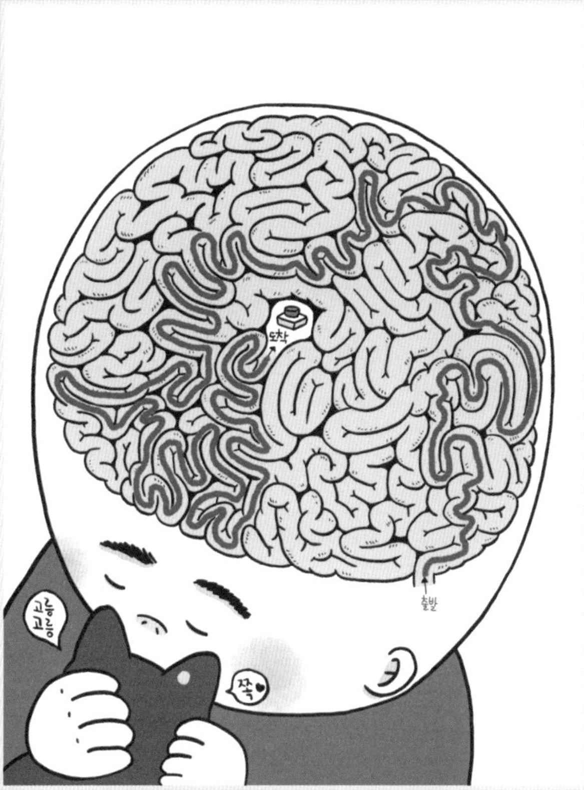


## 고양이의 변신

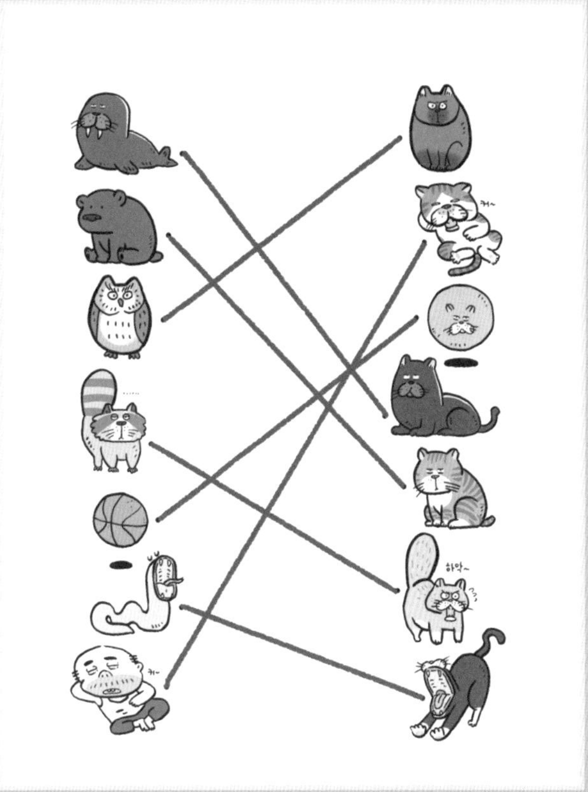


## 효녀 긴꼬의 길

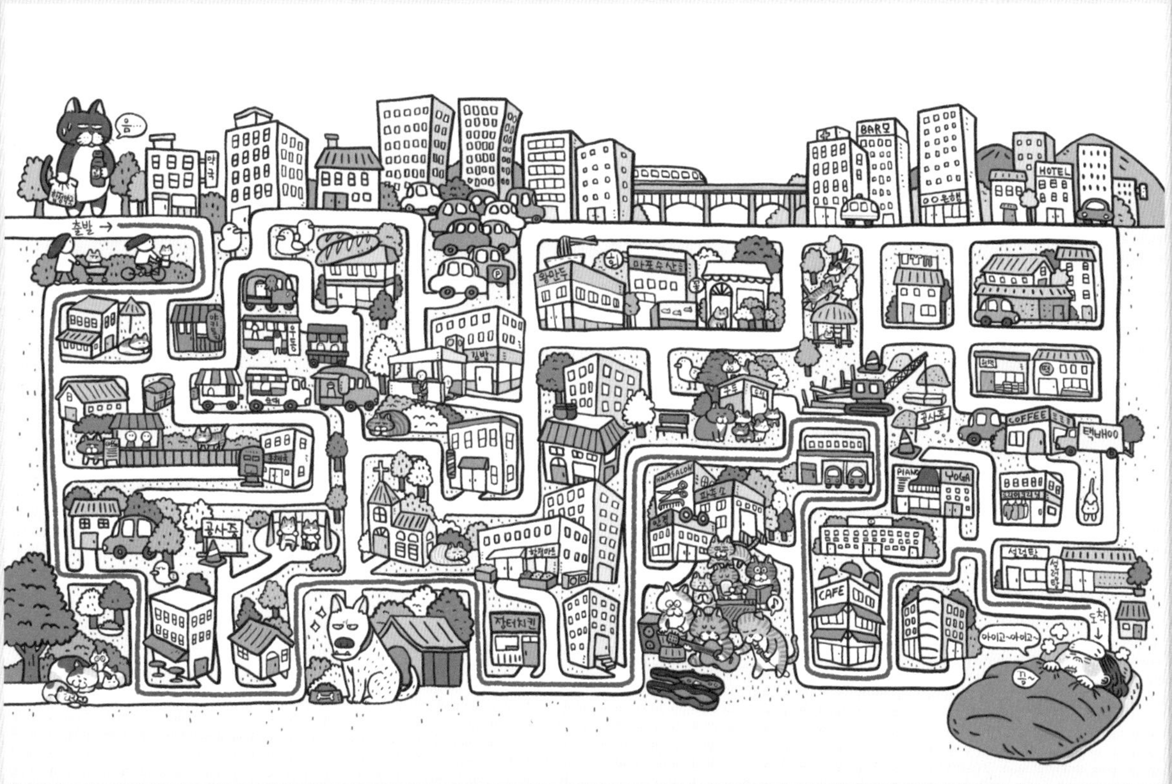

## 우주 저 너머에